Nefeli

und

Nicos

Bibliografische Information der Deutschen Nationalbibliothek . Die Deutsche Nationalbibliothek verzeichnet diese Publikation in der Deutschen Nationalbibliografie; detaillierte bibliografische Daten sind im Internet über http://dnb.d-nb.de abrufbar.

Impressum
2019

© **Autor:** **Syna Ester**
© **Cover:** **Syna Ester**
© **Fotos:** **Syna Ester**

Herstellung und Verlag:
BoD - Books on Demand, Norderstedt

ISBN: 9-783750-40152-5

Heimat im Herzen

von

Syna Ester

Ein Schauder nach dem anderen lief ihr über den Rücken und sie zitterte am ganzen Körper. Die Kirchenglocken läuteten unaufhörlich und sie wusste, was das bedeutet.

Es herrschte ein erbarmungsloser Krieg in Europa.

Der Moment, vor dem sie sich schon die ganzen Monate gefürchtet hatte, war gekommen.

Nefeli wollte gerade ihr kleines Bündel holen, als es auch schon heftig an der Tür klopfte.

„Nefeli, Nefeli, komm schnell, wir müssen fort", hörte sie Mariano rufen und seine Stimme überschlug sich fast.

Er hämmerte immer weiter gegen die Tür und schrie.

Nefeli ergriff ihr Bündel und lief zur Tür. Dort hatten sich bereits einige Nachbarn eingefunden und waren in höchster Aufregung. Sie alle wussten, was das läuten der Kirchenglocken zu bedeuten hatte. Sie mussten fort aus ihrem Dorf, denn nun stand der Krieg auch vor ihrer Tür. Die wenigen Nachbarn, die noch geblieben waren, hatten sich mittlerweile alle vor ihrem Haus eingefunden und die Glocken waren verstummt. Es herrschte eine unheimliche Stille. Angstvoll sahen sie einander an; einige weinten. Es waren fast nur noch alte Leute, die geblieben waren. Sie wollten ihr bescheidenes Heim nicht aufgeben, aber nun blieb ihnen nichts anderes übrig, als fort zu gehen, so lange es noch möglich war. Wenige Habseligkeiten hatten sie in ihre Bündel geschnürt und warteten nun, gemeinsam mit Nefeli, auf den Pfarrer. Es war vereinbart, dass er, sobald die Glocken verstummt waren, mit Daniele die beiden Pferdekarren bestieg und sie so schnell sie konnten, zu Nefelis Haus fuhren. Ihr Haus lag unmittelbar am Ortsausgang und sie konnten dann gleich von dort aus Weg nach Norden nehmen. Es war für sie die einzige Möglichkeit, dem Feind zu entkommen.

Dann sahen sie auch schon die beiden Fuhrwerke um die Ecke biegen.

Jetzt musste alles ganz schnell gehen. Wie besprochen, stellten sich die alten Ehepaare zusammen, damit sie in einem Fuhrwerk sitzen konnten. Es könnte ja möglich sein, dass sich die Fuhrwerke trennen müssten und dann wären sie zusammen. Getrennt werden wollten sie auf keinem Fall und sollte es wirklich zum Schlimmsten kommen, dann wollten sie gemeinsam sterben. Schweigend bestiegen alle so schnell sie konnten die Fuhrwerke. Kaum waren alle mit ihren Bündeln auf den Karren, trieben der Pfarrer und Daniele die Pferde an. Sie wurden hin und her geschüttelt, denn die alte Dorfstraße war sehr uneben und sie hatten angst, dass die Achsen der Karren brechen. Aber es war Eile geboten; sie mussten hier weg.

Niemand warf auch nur einen Blick zurück....

Sie hielten sich an den Händen und blickten wie erstarrt. Immer weiter ging die Fahrt und die Sonne brannte erbarmungslos auf sie nieder. Daniele und der Pfarrer hofften inständig, dass die Pferde das Tempo durchhalten können und sie es bis zur Kleinstadt schaffen. Dort wartete zwei Lastwagen auf die Gruppe. Alles war von langer Hand geplant, denn der Krieg tobte nun schon seit vier langen Jahren und sie mussten vorbereitet sein, da nicht alle Bewohner des Dorfes gegangen waren. Die meisten waren schon gleich nach Ausbruch des Krieges zu ihren Verwandten in den Norden gefahren, da sie von dort das Land schneller verlassen konnten, falls es erforderlich sein würde. Unten im Süden, in ihrem Heimatdorf, gab es keine Möglichkeiten eventuell über das Meer zu fliehen. Sie besaßen nur kleine, alte Fischerboote mit denen man nicht auf das offene Meer hinaus fahren konnte.

Sie wurden abrupt aus ihren Gedanken gerissen, als die Karren plötzlich zum Stillstand kamen. Das Herz klopfte ihnen bis zum Hals, aber der Pfarrer beruhigte sie. Er erklärte ihnen, dass sie sich jetzt einen Moment die Beine vertreten können, da die Pferde eine

Pause machen müssen. Sie kletterten von den Karren und verschwanden schnell hinter den Büschen um sich zu erleichtern. Dann stiegen sie wieder auf die Karren, damit sie sofort bereit zur Abfahrt waren, wenn auch die Pferde verschnauft hatten.

„Jetzt werden wir nicht noch einmal anhalten; wir müssen vor Einbruch der Dunkelheit die Kleinstadt erreichen und auf die Lastwagen steigen", sagte der Pfarrer und nahm die Zügel in die Hand.

Auch Daniele war zur Abfahrt bereit und so ging die Fahrt über Stock und Stein im schnellen Tempo weiter.

Noch weitere zwei Stunden, die ihnen unendlich lang vorkamen, fuhren sie in die beginnende Dämmerung, dem Ziel entgegen.

Endlich, sie waren vor der Kirche in

der Kleinstadt angekommen und der dortige Pfarrer und einige Männer halfen ihnen von den Karren. In der Kirche hatte der Pfarrer Essen und Trinken für sie bereitstellen lassen und sie gingen sofort hinein. Vor dem Essen begaben sich alle in die Örtlichkeiten um sich ein wenig zu säubern und zu erfrischen. Alle waren restlos erschöpft, aber nach dem Essen sollte die Fahrt auf den Lastwagen gleich weitergehen.

Sie aßen und tranken schweigend.

Nachdem sie gegessen hatten, sagte ihr Pfarrer, dass er und Daniele nicht mit ihnen kommen würden. Sie wollten morgen früh zurück in ihr Dorf; dazu waren sie fest entschlossen. Betrübt schauten alle auf die Beiden, aber sie mussten wissen, was sie tun. Keiner versuchte sie umzustimmen, doch jedem war klar, dass es wahrscheinlich ein Abschied für immer sein würde. Das Herz schmerzte ihnen bei dem Gedanken daran und so verabschiedete sich einer nach dem anderen von dem Pfarrer und Daniele. Sie mussten noch in dieser Nacht weiter und zu den beiden Lastwagen waren noch weitere gekommen. Sie wollten im Konvoi nach Norden aufbrechen. Alle Lastwagen waren besetzt mit Flüchtlingen aus den umliegenden Dörfern. Den letzten noch anwesenden dort, die gehofft hatten, dass der Krieg sie nicht erreicht und er bald ein Ende hat. Doch alle ihre Hoffnungen wurden zunichte gemacht und sie mussten nun vor den heran nahenden Truppen fliehen. Es waren überwiegend alte Menschen und man sah ihnen ihre Verzweiflung an. Alles hatten sie zurücklassen müssen und nur die wenigen Familienfotos, die sie besaßen, in ihr kleines Bündel getan. Es war ein trauriger Anblick und Nefeli liefen die Tränen über die Wangen. Sie selber war voller Angst und Sorge. So vollkommen allein hatte sie sich noch nie gefühlt. Als Nicos vor fünf Monaten Abschied von ihr nahm um wieder als Chirurg im Militärhospital zu arbeiten, da wusste sie noch nicht, dass sie schwanger war. Sie hatte es Nicos geschrieben, aber keine Antwort von ihm erhalten.

Das war nicht ungewöhnlich in diesen Zeiten, denn die Post kam oftmals erst nach Monaten an; wenn sie überhaupt ankam. Natürlich hatte sie sich Sorgen um ihren Mann gemacht, doch die Leute im Dorf waren ihr eine große Stütze und standen ihr zur Seite. Nur zweimal hatte Nicos in den ganzen vier Jahren, in denen er als Chirurg im

Militärhospital arbeitete, Heimaturlaub bekommen. Sie hatte sich schon daran gewöhnt, allein zu sein, da sie außer Nicos keine weiteren Verwandten hier im Dorf oder in der Nähe hatte. Doch jetzt war alles anders. Wie sollte sie Nicos mitteilen, dass sie auf der Flucht ist? Was, wenn er ins Dorf kommt und niemand mehr dort ist? Sie konnte ihm ja nicht einmal mehr eine Notiz auf den Tisch legen. Was hätte sie auch schreiben sollen? Sie wusste ja selber nicht, wohin die Flucht sie führte oder was passieren wird. Auf einmal wurde ihr so übel, alles drehte sich und sie musste sich übergeben. Mitleidig sahen die Alten sie an, denn sie verstanden sofort, dass sie schwanger war; obwohl man es ihr noch nicht ansehen konnte. Zum Glück waren die Lastwagen mit Matratzen ausgelegt und so konnte sie sich etwas hinlegen. Gleich nach dem Essen waren sie losgefahren und im rasenden Tempo fuhren sie Richtung Norden. Zum Glück rüttelte es auf den Lastwagen nicht so doll, wie zuvor auf den Pferdekarren, aber die Straßen waren nicht gut und jedes Schlagloch spürten sie heftig.

Nefeli lag auf ihrer Matratze und es ging ihr gar nicht gut. Die Gedanken spukten nur so in ihrem Kopf herum und ihre Angst wurde immer größer. Eine alte Frau hatte sich zu ihr gelegt und streichelte ihren Rücken. Leise sprach sie zu ihr, doch auch das konnte sie nicht beruhigen. Sie sehnte sich so nach Nicos und wünschte, er wäre jetzt bei ihr. Sie war so erschöpft, dass sie für kurze Zeit einschlief. Die alte Frau blieb bei ihr und hatte ihren Arm über Nefeli gelegt. Sie kannte Nefeli nicht, da sie aus einem anderen Dorf war, aber sie war auf diesem Treck auch allein und wollte sich ein wenig um sie kümmern. In diesen schlimmen Stunden war es gut, jemanden zur Seite zu haben. Eigentlich hatte sie ihr Haus nicht verlassen wollen, aber die Männer hatten sie einfach auf den Lastwagen gehoben und sie hatte keine Kraft gehabt, sich dagegen zu wehren.

Ihre Kinder wohnten im Norden und sie hatten immer geschrieben, dass sie zu ihnen kommen sollte. Den letzten Brief von ihnen hatte sie vor einem Jahr bekommen. Sie hatte ihn immer bei sich.

Nefeli erwachte und sah die alte Frau dankbar an.

„Trink einen Schluck Wasser", sagte die alte Frau zu ihr und reichte Nefeli die Wasserflasche.

Dankbar nahm Nefeli die Flasche und trank einen Schluck und noch einen, denn auf einmal verspürte sie, dass sie sehr durstig war. Das frische Wasser tat ihr gut und sie merkte, dass es ihr wieder wohler wurde. Sie richtete sich auf und nannte der alten Frau ihren Namen. Dann erzählte sie ihr, dass sie verheiratet ist und ein Kind erwartet.

„Wo ist dein Mann?", fragte die alte Frau.

Nefeli erzählte der alten Frau, dass ihr Mann im Norden diente und in einem Militärhospital als Chirurg eingesetzt war. Sie sagte ihr auch, dass sie auf ihren letzten Brief, in dem sie ihm geschrieben hatte, dass sie ein Kind erwarten, keine Antwort erhielt und er auch nichts davon wusste, dass sie auf der Flucht ist. Sie fing an zu weinen. Die alte Frau konnte Nefeli nur zu gut verstehen und legte tröstend ihren Arm um sie.

Als Nefeli sich wieder beruhigt hatte, fragte sie die alte Frau warum sie hier alleine ist und die alte Frau, ihr Name war Rosa, erzählte nun ihrerseits ihre Geschichte. Sie zeigte Nefeli den Brief mit der Adresse ihrer Kinder. Ihre Hand zitterte und Nefeli legte nun ihrerseits ihren Arm um Rosa. Beide saßen eng aneinander geschmiegt und schwiegen. Die Straßen wurden jetzt langsam besser und es ruckelte nicht mehr ganz so doll.

Wo wir wohl sind, dachte Nefeli bei sich. Es musste schon nach Mitternacht sein, hatte sie das Gefühl.

Sie fuhren weiter in die Nacht....

Nefeli erschrak, als der Lastwagen plötzlich langsamer fuhr und dann stoppte. Was hatte das zu bedeuten?

Ihr klopfte das Herz bis zum Hals und sie klammerte sich an Rosa. Sie hörten die Fahrertür klappen und im nächsten Moment stand der Fahrer vor ihnen und sagte, dass sie alle vom Wagen herunter kommen sollen. Manche fingen an zu weinen, aber der Fahrer beruhigte sie.

„Es ist alles in Ordnung. Wir müssen hier übernachten, da ich nicht weiß, auf welcher Straße ich weiterfahren kann. Das erfahre ich erst morgen früh. Die anderen Lastwagen sind auch schon hier und wir können alle in der Schule übernachten. Dort habt ihr auch eine Gelegenheit euch zu waschen und für Essen und Trinken wurde auch gesorgt. Schlafen müsst ihr auf dem Boden, aber da liegen überall Decken und Matratzen mit denen ihr euch behelfen könnt", sagte er und half den

Alten beim absteigen vom Lastwagen.

Vom langen sitzen oder liegen waren alle ganz wackelig auf den Beinen, aber sie waren froh, dass sie ohne jeglichen Zwischenfall hier angekommen sind und sich die Beine vertreten konnten. Es war eine sehr eigenartige Situation. Überall tobte der Krieg und hier war es so friedlich und still, als ob nichts wäre. Sie gingen in das Schulgebäude und machten sich erst einmal frisch bevor sie sich zum Essen an den Tisch setzten. Auch an den Tischen blieben sie in Gruppen zusammen, wie sie auf den Lastwagen waren und später, als sie sich schlafen legten, ebenfalls. Dann gab es kein durcheinander, wenn sie morgen wieder auf die Lastwagen steigen mussten. Sie wollten nicht voneinander getrennt werden, denn, so lange sie noch jemanden von der

Familie oder aus ihrem Dorf bei sich hatten, fühlten sie sich besser in ihrer Not. Die Fahrer schauten noch einmal nach ihnen und überzeugten sich davon, dass alles in Ordnung ist. Dann gingen sie in das Schulbüro, in dem ein Funkgerät stand und warteten. Sie standen unter höchster Anspannung, denn keiner von ihnen wusste, wie es weitergehen würde. Im stündlichen Wechsel wachte einer von ihnen am Funkgerät, denn sie mussten ja nach der anstrengenden Fahrt auch ein wenig schlafen, zumal es jederzeit weitergehen konnte. Sie sollten die Menschen bis zum Hafen im Norden bringen, doch noch war es ungewiss, ob dort ein Schiff vor Anker lag. Das sollten sie heute Nacht erfahren. Die Stunden vergingen und es tat sich nichts. Telefonieren konnten sie nicht, da die Verbindungen alle abgeschnitten waren. Der einzig mögliche Kontakt war über das Funkgerät. Alle waren eingeschlafen und erst das rattern des Funkgerätes schreckte sie hoch. Die Fahrer kannten das Morsealphabet vom Militär und lauschten atemlos. Sie waren mit dieser verantwortungsvollen und schweren Aufgabe vom Einsatz an der Front befreit, um auch die letzten Bewohner aus den kleinsten und abgelegensten Dörfern zu evakuieren und in Sicherheit zu bringen. Keine leichte Sache, fuhren sie doch dem Krieg entgegen und es hätte sie auch das Leben kosten können. Doch bisher war alles gut gegangen und sie waren nur noch ungefähr zwei Tage Fahrtzeit vom Hafen entfernt. Schneller ging es mit den Lastwagen nicht und sie brauchten spätestens am Abend auch eine größere Pause. Besonders die ganz Alten; weiter hatten sie auch erfahren, dass sich eine schwangere Frau auf einem der Lastwagen befindet. Sie wollten niemanden gefährden und alle sicher an Bord bringen.

Das Funkgerät war verstummt und die Fahrer umarmten sich vor Freude.

Es waren gute Nachrichten. Die Straße nach Norden war frei und wurde vom Militär bewacht. Aber, sie sollten erst morgen losfahren und noch eine Nacht hier bleiben. Man wollte ihnen, nur für den Fall, dass etwas unerwartetes eintrifft, militärischen Geleitschutz schicken. Sofort gingen die Fahrer zu den Flüchtlingen und berichteten ihnen die Neuigkeiten. Alle waren einerseits froh, noch einen Tag und eine Nacht ausruhen zu können, aber andererseits, hatten sie auch Angst vor dem Krieg und wollten möglichst schnell hier weg. Nefeli ging es wieder besser nachdem sie einige Stunden geschlafen und ein Frühstück zu sich genommen hatte. Sie hatte gehört, was der Fahrer ihnen gesagt hat und war froh darüber, dass es keine schlechte Nachricht war.

Doch sie alle waren vollkommen verunsichert, da sie nicht gewusst hatten, dass sie mit einem Schiff außer Landes gebracht werden sollten. Sie dachten, im Norden könnten sie sicher sein und bei ihren Verwandten unterkommen; sofern sie dort welche haben, aber dieses war eine völlig neue Situation. War denn der Norden auch nicht mehr sicher? Wo würde man sie hinbringen? Doch die Fahrer wussten es auch nicht. Sie hatten nur den Auftrag, alle zum Hafen zu bringen. Waren ihre Angehörigen im Norden in

Gefahr oder waren sie auch schon geflohen? Zu viele Fragen taten sich auf, die unbeantwortet blieben. Wie sollte sie Nicos erreichen? Wie könnte er sie dann finden?

Nefeli war einfach nur traurig und hoffnungslos und allen anderen ging es ebenso.

„Nefeli, ich bleibe an deiner Seite, egal was passiert und wo wir hingehen. Du musst jetzt stark sein und an dein Kind denken", sagte die alte Rosa.

Nefeli blickte Rosa dankbar an und gab ihr einen Kuss auf die Wange. Wie alt mochte Rosa sein? Ihr ganzes Gesicht war runzelig, doch ihre Augen hatten ihren Glanz nicht verloren. Rosa hatte ihren Blick wohl bemerkt und musste ein wenig lächeln. Sie wusste sehr gut, wie Nefeli zumute war, denn damals, als der erste Krieg ausbrach, war sie in derselben Situation wie Nefeli. Sie war schwanger und sie mussten ihr Dorf verlassen; allerdings hatten sie sich damals in die Berghöhlen geflüchtet, die nur die Einheimischen kannten. Von außen konnte man nicht ahnen, dass sich dort tiefe Höhlen befanden und die verdeckten Zugänge waren nur den Dorfbewohnern und einigen Partisanen aus ihrer Gegend bekannt. Sie hatten dort mehrere Wochen ausharren müssen und ihr Sohn wurde in einer der Höhlen geboren. Die Höhlen waren so tief, dass kein Ton nach außen dringen konnte und so hatten sie alle überlebt. Die Partisanen hatten sie mit Wasser, Verpflegung und dem Notwendigsten versorgt, als die Vorräte, die sie beizeiten dort hingebracht hatten, zu Ende gingen. Auch konnten sie sich in den Höhlen, die alle miteinander verbunden waren, ohne Mühe gut bewegen. Die Decken waren hoch und Sauerstoff bekamen sie ausreichend, da vor sehr langer Zeit, als die Höhlen noch bewohnt waren, die Menschen für Luftzugänge gesorgt hatten. Da drinnen brauchten sie keine angst zu haben; dass einzige, was ihnen fehlte, war das Tageslicht. Doch niemand beklagte sich, im Gegenteil, sie waren froh, auf diese Art und Weise ihr Leben retten zu können und nicht fort zu müssen wie so viele andere Menschen. Irgendwann würde der Krieg ja auch vorbei sein und sie konnten wieder in ihre Häuser zurück. Sie hatten Glück im Unglück, denn als der Feind nur ein menschenleeres Dorf vorfand und in den Häusern nichts zu holen war, zogen die Soldaten weiter. Andere hatten nicht so viel Glück, da hatte der Feind die Häuser in Brand gesetzt, aus Wut, weil sie nicht fanden, wonach sie suchten. So war es damals, aber dieser Krieg war etwas anderes. Es gab modernste Technik mit denen sie alles aufspüren konnten und in den Höhlen wären sie nicht mehr sicher gewesen. Eigentlich hatte sie ja nicht fliehen wollen, aber die Männer hatten sie einfach auf den Lastwagen getragen. Rosa war noch tief in ihren Gedanken, als sie Nefelis Stimme hörte: „Rosa, woran denkst du, ich habe dich schon zweimal danach gefragt?", hörte sie Nefeli sagen.

„Ach, ich war in der Vergangenheit mit meinen Gedanken, entschuldige", antwortete Rosa.

„Erzähle mir davon", bat Nefeli.

Rosa erzählte ihr von damals, an das, woran sie eben gedacht hatte und sah das Mitleid in Nefelis Augen. Nefeli war tief berührt von dem was Rosa ihr erzählte. Ihr tat die alte Frau leid; was hatte sie schon alles ertragen müssen und nun noch einen Krieg. Sie konnte ihre Tränen nicht zurückhalten. Doch Rosa sagte nur:

,,Weine nicht, das alles liegt schon so lange zurück und die Jahre danach waren schön. Ich hatte einen guten Mann und habe zwei wunderbare Kinder, die im Norden leben. Doch leider habe ich schon lange nichts mehr von ihnen gehört und ich weiß nicht, ob sie meine Post erhalten haben oder ob sie auch von dort flüchten mussten. Du siehst, wir alle leben alle zur Zeit in Ungewissheit und müssen es nehmen, wie es ist", endete sie.

Beide beschlossen noch etwas zu essen und sich dann schlafen zu legen.

Wider erwarten konnten sie die ganze Nacht durchschlafen und auch am Morgen kam noch keiner der Fahrer zu ihnen um ihnen zu sagen, wann es weitergehen soll. Sie wuschen sich notdürftig und tranken danach erst einmal einen Kaffee. Nefeli tat sehr viel Milch in ihren Kaffee, denn so gut bekam ihr der starke, schwarze Kaffee nicht mehr. Gut, dass auch noch etwas Brot da war und sie konnte ein wenig essen. Seit sie schwanger war hatte sie immer Hunger; heimlich steckte sie sich noch ein Stück Brot in ihre Tasche. Rosa hatte es natürlich bemerkt, da sie direkt neben ihr saß und steckte nun ihrerseits auch ein Stück Brot ein. Sie erinnerte sich noch gut daran, wie viel Hunger sie hatte, als sie schwanger war. Sie hätte Berge von Spaghetti verschlingen können und hatte damals in der Höhle auch so manch ein Stück Brot heimlich eingesteckt. Beide sahen sich an und mussten lachen.

„Oh, was war das!", rief Nefeli und hielt sich den Bauch, „ich glaube, mein Baby hat sich bewegt".

Rosa sah sie an und legte ihre Hand auch auf Nefelis Bauch; doch sie spürte nichts.

„Bist du sicher?", fragte sie, denn man konnte es Nefeli immer noch nicht ansehen, dass sie schwanger war.

Nefeli zuckte mit den Schultern. Wie konnte sie sicher sein, es war ihre erste Schwangerschaft und vielleicht war es ja auch nur ein rumoren im ihrem Bauch. Abwarten, vielleicht passiert es noch einmal. Sie war jetzt Anfang des 5. Monats und die Hebamme hatte ihr gesagt, dass sie dann die Bewegungen ihres Kindes spüren würde wenn alles in Ordnung ist. Es lebt und das ist ein gutes Zeichen. Nefeli war so aufgeregt, dass sie für einen Moment alles andere vergaß. Sie wartete darauf, ob sich noch einmal etwas tut in ihrem Bauch, doch es rührte sich nichts mehr.

Nachdem alle etwas gegessen und getrunken hatten, gingen sie wieder rüber in den großen Saal indem sie die Nacht verbracht hatten. Die Kinder spielten am Boden und bekamen von der Unruhe der Erwachsenen nichts mit. Sie alle warteten ungeduldig auf die Fahrer. Statt der Fahrer kam auf einmal der Pfarrer der Gemeinde herein um ihnen mitzuteilen, dass die Fahrer noch auf die Geleitfahrzeuge warteten, doch, sobald diese da waren, sollte die Fahrt weitergehen. Nefeli und Rosa legten sich auf ihre Matratzen. Die Fahrt auf den Lastwagen würde noch anstrengend genug werden. Sie dösten vor sich hin und gerade, als Nefeli ein leises schnarchen von Rosa vernahm, ging die Tür auf und die Fahrer kamen herein.

„Freunde, wir können jetzt weiter fahren. Die Geleitfahrzeuge sind soeben eingetroffen und die Straßen sind noch frei. Also, nehmt eure Sachen und steigt auf die Lastwagen", sagte einer von ihnen.

Alle standen sofort auf und Nefeli half Rosa beim aufstehen. Sie schlossen sich ihrer Gruppe an um dann gemeinsam mit den anderen zu ihrem Lastwagen zu gehen. Sie staunten nicht schlecht, als sie die vielen Geleitfahrzeuge sahen, doch die innere Spannung wuchs. Das war auch nicht verwunderlich, denn sie wussten immer noch nicht, wohin das Schiff, das auf sie wartete, sie bringen würde. Das hatten die Fahrer auch nicht in Erfahrung bringen können, aber sie waren sehr froh, dass sie nun in Kolonne mit den Geleitfahrzeugen fahren konnten. Versprach diese doch eine gewisse Sicherheit zumal sie mit Funkgeräten ausgestattet waren und sie sofort erfahren würden, wenn eine Straße nicht mehr passierbar ist und sie einen anderen Weg fahren mussten.

Nachdem alle auf die Lastwagen geklettert waren und die Fahrer ihre Fahrzeuge bestiegen hatten, setzten sich die Fahrzeuge in Bewegung.

Nur langsam kamen sie im Ort voran, da die Straßen sehr eng waren, aber sobald sie den Ortsausgang erreicht hatten, gaben sie Gas und fuhren so schnell sie konnten. Sie kamen gut durch und es dauerte nur knappe vier Stunden bis sie den Hafen erreicht hatten. Alle waren unendlich froh, dass es unterwegs keinerlei Schwierigkeiten gegeben hatte und sie alle heil und unversehrt hier angekommen sind. Ein riesiges Schiff lag im Hafen und es waren schon viele Menschen darauf. Der Kapitän drängte zur Eile, denn er hatte nur noch auf sie gewartet und wollte endlich ablegen. So gingen sie so schnell sie konnten auf das Schiff und einer von der Mannschaft teilte ihnen ihre Plätze zu.

Es waren außer ihnen noch andere Flüchtlinge in dem Raum und sie fragten diese, ob sie wüssten, wohin sie gebracht werden.

Ein älterer Mann kam und sagte:

„Wir werden nach Molena gebracht, dass ist eine Insel weit ab vom Festland und sie ist auf keiner Karte zu finden, sodass der Feind uns dort nichts anhaben kann. Es sind schon viele Flüchtlinge dorthin gebracht worden, denn seit einem Monat fährt dieses Schiff jede Woche die Insel an. Also macht euch keine Sorgen, der Feind ist noch nicht bis hierher gekommen und wir haben noch freie Fahrt".

Er hatte gerade zu Ende gesprochen, als sie merkten, dass das Schiff sich in Bewegung setzte und losfuhr.

Sie unterhielten sich noch eine ganze Weile und erfuhren, dass auf der Insel für alles gesorgt ist. Es waren kleine alte Häuser auf der Insel, da sie einmal bewohnt war und für Verpflegung und Wasser hatte bisher das Militär gesorgt. Vorräte hatten sie dort auch angelegt, falls das Versorgungsschiff einmal nicht kommt. Niemand konnte wissen, wie weit sich der Krieg noch ausdehnt und wie lange er noch dauern würde.

War auch die Insel dem Feind unbekannt, den Hafen auf dem Festland, den kannten sie wohl. Hatten sie doch vor dem Krieg regen Handel mit dem Feind betrieben und viele Waren auch von diesem Hafen aus in alle Länder transportiert. Der alte Mann erzählte, dass er schon zweimal zur Insel rüber gefahren ist, doch er kam immer mit dem Schiff zurück auf das Festland. Diesmal würde er auf der Insel bleiben, da der Krieg quasi vor der Tür stand und man nicht wissen konnte, ob noch einmal ein Schiff die Insel ansteuern konnte. Seine Familie war schon auf der Insel und hatte jedes mal, wenn er mit dem Schiff zurück fuhr, Angst um ihn. Nun war der Tag gekommen, an dem es auch für ihn kein zurück mehr gab. Rosa konnte den alten Mann gut verstehen.

Genauso fühlte sie auch und es war ihr sehr schwer gefallen, Haus und Garten, das Dorf und das Vertraute hinter sich zu lassen. Der alte Mann sagte noch, dass die Fahrt gute sieben Stunden dauern würde und sie könnten sich ruhig schlafen legen.

,,Wenn jemand von euch Hunger und Durst hat, ihr findet alles da vorne in den beiden Kisten; stellt die Flaschen wieder zurück in die Kisten, wenn ihr getrunken habt, damit sie bei starkem Wellengang nicht durch den Raum rollen und niemand verletzt werden kann", sagte er noch und ging zurück zu seinem Platz.

Nefeli stand auf und ging hinüber zu den beiden Kisten um für Rosa und sich etwas Wasser zu holen. Hunger hatten sie nicht, denn sie hatten heute früh gegessen und außerdem hatten sie noch das Stück Brot, dass sie heimlich eingesteckt hatten, in ihren Taschen. Das würden sie zuerst essen falls sie doch noch Hunger bekämen. Nachdem sie getrunken hatten, stellte Nefeli die Flasche wieder zurück in die Kiste.

Sie legte sich neben Rosa auf eine Decke und schlief auch sofort ein.

Rosa konnte nicht schlafen. Zu viele Gedanken kreisten in ihrem Kopf und sie machte sich große Sorgen. In erster Linie um Nefeli. Schwanger, fern dem Heimatdorf und ihr Mann hatte keine Ahnung, dass Nefeli fliehen musste. Was sollte aus der jungen Frau und ihrem ungeborenen Kind werden? Ein ungewisses Schicksal stand ihnen allen bevor. Rosa hatte keine Angst um sich selbst, sie wusste, dass ihre Tage gezählt waren und sie ihr Heimatdorf wohl nie wiedersehen würde. Sie würde in der Fremde sterben. Doch, so lange sie noch konnte, wollte sie auf Nefeli acht geben und wenn es soweit ist, ihr bei der Geburt des Kindes beistehen. Aber erst einmal müssten sie auf Molena ankommen und alles weitere würde sich dann schon finden.

Als Nefeli aus ihrem Schlaf erwachte war alles dunkel um sie herum. Es schien bereits Nacht zu sein, denn sie hörte niemanden sprechen. Langsam gewöhnten sich ihre Augen an die Dunkelheit und sie sah, dass Rosa neben ihr auf der Matratze lag. Rosa hatte bemerkt, dass Nefeli wach geworden war und ergriff ihre Hand. Dann rückte sie näher zu Nefeli und flüsterte ihr etwas ins Ohr. Ein kleiner Schrei entwich Nefelis Lippen. Es war entsetzlich, was Rosa ihr zugeflüstert hatte. Sie würden nicht nach Molena gebracht werden, sondern viel weiter weg in ein ihr unbekanntes Land. Dem Namen nach kannte sie es, doch genaueres wusste sie nicht darüber. Auch hatte sie schon davon gehört, dass einige aus ihrem Dorf dorthin ausgewandert waren weil sie im Dorf oder in der Umgebung keine Arbeit fanden, aber das war auch alles, was sie wusste. Nefeli bekam furchtbare Angst und fing an zu weinen. Rosa erzählte ihr leise, dass der alte Mann, der schon zweimal mit dem Schiff nach Molena gefahren war und dort seine ganze Familie hatte, zum Kapitän gegangen war, als das Schiff immer weiter fuhr und Molena nicht anlief. Er erfuhr vom Kapitän, dass alle Leute von der Insel evakuiert wurden und auch in dieses unbekannte Land gebracht worden sind. Der Feind hatte Richtung auf die Insel genommen mit seinen Schiffen und sie konnten gerade noch rechtzeitig die Menschen retten, da ein anderes Militärschiff dort vor Anker lag, das Verpflegung für die Menschen auf der Insel an Bord hatte.

Statt diese auszuladen, nahmen sie nun die Flüchtlinge an Bord. Der Funkspruch, den der Kapitän des Schiffes erhielt, kam so unerwartet für alle. Eile war geboten.

Der alte Mann hatte geweint, als er Rosa davon erzählte; wusste er doch nicht, ob er seine Familie in dem fremden Land wiederfinden kann. Wo brachte man dort die Menschen hin? Wurden sie überhaupt registriert? Wie sollte er die Fremden, deren Sprache er nicht sprach, verstehen oder sie ihn? Zum Glück schliefen alle anderen und hatten nichts davon mitbekommen. Doch bald würden sie aufwachen und er musste ihnen die bittere Neuigkeit verkünden.

Das Meer war ruhig und nur wenige Wellen klatschten ab und zu gegen die Bordwand.

Nefeli und Rosa saßen schweigend auf ihren Matratzen. Was würde sie und alle anderen hier an Bord erwarten? Sie wünschte sich so sehr, dass Nicos jetzt an ihrer Seite wäre, auch, wenn er an der ungewissen Situation nichts hätte ändern können. Sie fühlte sich einsam und verloren.

Da, da war es wieder!

Dieses rumoren in ihrem Bauch. Nefeli ergriff ganz schnell Rosas Hand und legte sie auf ihren Bauch. Nun hatte auch Rosa es gespürt und sie flüsterte Nefeli zu, dass es ihr Baby ist, das sich bemerkbar macht. Rosa war richtig erleichtert, denn Komplikationen wären das Letzte, was sie in dieser Situation gebrauchen könnten. Nefelis Baby lebte und das war im Moment die Hauptsache. Eine ganze Weile strampelte das Baby noch in ihrem Bauch und Nefeli war froh darüber. Dem Kind geht es gut und in ihrem Bauch war es sicher geschützt.

Die ersten Kinder erwachten und machten sich lautstark bemerkbar. Sie fingen gleich munter an zu plappern und weckten mit ihrer Lautstärke auch alle anderen.

Nun war der Moment gekommen, dass der alte Mann ihnen erzählen musste, dass es für sie kein sicheres Leben auf Molina geben würde und sie bereits auf dem Weg in ein fremdes Land sind.

Der alte Mann erhob sich von seiner

Matratze und bat um Gehör. Er sprach mit ruhiger Stimme und berichtete, was der Kapitän ihm heute Nacht gesagt hatte.

Es herrschte atemlose Stille und selbst die Kinder saßen stumm neben ihren Eltern. Sogar die Kleinsten, die noch nicht verstanden worum es ging, verharrten regungslos. Ihr Instinkt leitete sie und sie spürten, dass etwas nicht so ist, wie es sein sollte. Viele fingen an zu weinen; sie mochten nicht glauben, was ihnen der alte Mann berichtet hatte. Es war die Wahrheit; hatte der Alte doch selber seine Familie auf Molena in Sicherheit gedacht und nun waren alle von dort fort.

,,Freunde, bitte lasst die Köpfe nicht hängen, im Moment ist es nur wichtig, dass wir jetzt in Sicherheit gebracht werden; alles andere wird sich finden.

Denkt an eure Kinder, sie haben noch ihr ganzes Leben vor sich; auch, wenn es auf fremder Erde ist. Hoffen wir alle, dass dieser furchtbare Krieg bald ein Ende hat und wir schnell wieder in unsere Heimat zurück können. Jetzt nehmt euch Kaffee und Essen, für die Kinder ist Milch in der Kiste, und stärkt euch. Ihr werdet eure ganze Kraft gebrauchen für das, was uns erwartet; wenn gleich auch ich keine Ahnung habe, was das sein wird", sagte der alte Mann.

Zum Glück konnte niemand in die Zukunft schauen, denn es sollte alles anders kommen, als der Alte sich erhoffte.

Sie aßen und tranken, während die Kleinsten schon wieder spielten.

Es vergingen noch volle fünf Stunden, als plötzlich der Kapitän erschien und ihnen mitteilte, dass sie kurz vor dem Ziel sind und alle ihre Sachen bereit halten sollten, damit sie so schnell wie möglich, dass Schiff verlassen können. Er selbst musste umgehend zurück fahren um weitere Menschen hierher zu bringen; falls es überhaupt noch möglich war und sein Schiff auf der Rückfahrt nicht schon dem Feind in die Hände fiel. Seit drei Stunden war der Funkkontakt abgebrochen und er konnte nur hoffen und beten.

Sie suchten ihre Sachen zusammen und teilten das letzte Essen und das Wasser unter sich auf, damit sie wenigstens den Kindern etwas geben konnten, falls diese Hunger und Durst bekamen. Der alte Mann war zum Kapitän gegangen, damit er den Leuten Bescheid sagen konnte, wenn sie den Hafen erreicht hatten. Er unterhielt sich mit dem Kapitän und beide waren sehr betrübt.

„Dieser verdammte Krieg. Ich weiß nicht wo meine Familie ist und du weißt nicht, wo deine Familie jetzt ist", sagte der Kapitän zu dem Alten und wischte sich mit dem Handrücken über die Augen.

Der Alte hatte es wohl mitbekommen und legte seine Hand auf den Arm des Kapitän.

„Wir müssen jetzt stark sein und hoffen", erwiderte er.

Wie aus dem Nichts tauchte der Hafen vor ihnen auf und der alte Mann ging zu den Wartenden um sie nach oben zu holen. Alle folgten ihm und oben an Deck angekommen, konnten auch sie den Hafen sehen. Was sie sahen, war riesig und es lagen viele, große Schiffe dort vor Anker. Die meisten von ihnen hatten noch nie so einen großen Hafen gesehen. Die Kinder waren begeistert und ihr Mund stand nicht still. Alles, was sie sahen, wurde lautstark von ihnen registriert. Für sie war es wie ein Abenteuer und ihre kleinen Gesichter glühten vor Begeisterung.

Endlich hatte das Schiff angelegt und sie konnten von Bord.

Der alte Mann und der Kapitän gingen voran. Der Kapitän wollte dem Alten zeigen, wie es jetzt weitergeht, da er ja schon mehrmals Menschen hierher gebracht hatte und alles kannte. Er konnte sich hier auf englisch, das er gut konnte, verständigen, aber seine Landsleute sprachen nur ihre eigene Sprache; manchmal sogar nur ihren

Dialekt. Sie wären hier ohne Hilfe völlig verloren. Vor einem Gebäude blieben sie stehen und er Kapitän sagte zu den Leuten, dass sie jetzt hier warten sollen. Er würde mit dem alten Mann in das Gebäude gehen um alles weitere zu klären.

Nefeli und Rosa hielten sich an den Händen und sahen sich angstvoll an.

Den anderen Flüchtlingen ging es nicht anders; stumm warteten sie vor dem Gebäude.

Die beiden Männer gingen in das Gebäude und der Kapitän ging sofort zu einem Mann, der an einem der Tische saß. Sie gegrüßten sich wie Freunde und sprachen miteinander. Dann stellte der Kapitän ihm den alten Mann vor. Auch er wurde herzlich begrüßt und willkommen geheißen. Der Kapitän übersetzte schnell und der alte

Mann lächelte den Fremden an. Am Klang seiner Stimme hatte er schon erkannt, dass es freundliche Worte waren, die der Fremde zu ihm gesagt hatte und noch etwas hatte der Fremde gesagt, nämlich, dass sie jetzt einen Dolmetscher hier haben, damit es mit der Verständigung klappt. Das war auch für den Kapitän eine große Überraschung und er freute sich darüber; wusste er doch nun seine Landsleute in guten Händen.

Als endlich alles besprochen war gingen sie wieder nach draußen um den dort Wartenden zu berichten. Gerade, als der Kapitän geendet hatte, kam ein junger Mann auf ihn zu und sprach ihn in auf italienisch an. Er war der Dolmetscher, der sich von nun an um die Flüchtlinge kümmern sollte. Der Kapitän stellte seinen Landsleuten den jungen Mann vor und anschließend begrüßte dieser die Flüchtlinge und hieß sie willkommen. Er bat sie, ihm zu folgen, da er ihnen als aller erstes ihre Unterkünfte zeigen wollte.

Der Kapitän verabschiedete sich und ging zurück zu seinem Schiff.

Der junge Mann, sein Name war Paulo, ging mit ihnen um das Gebäude herum. Dort warteten Busse in die sie alle einsteigen sollten. Sie würden sie zu den Unterkünften fahren, damit sie nicht noch laufen mussten nach der anstrengenden Fahrt mit dem Schiff; zumal ja auch kleine Kinder dabei sind und sie sich schnell ausruhen konnten. Ja, die Fahrt mit dem Schiff, die Ungewissheit, dass alles hatte sie müde gemacht und sie waren froh, dass sie mit den Bussen zu ihren Unterkünften gebracht wurden. Wie auch schon auf dem Schiff, blieben sie, so, wie sie zusammen gehörten, beieinander. Die Familien oder jene Menschen, die aus demselben Dorf oder Ort waren. Auch Nefeli ging mit Rosa zu den anderen aus ihrem Dorf. Sie alle hatten die alte Rosa sofort in ihr Herz geschlossen und sie in ihrer Mitte aufgenommen.

Als alle in den Bussen saßen, ging die Fahrt auch gleich los. Es war nicht so weit und doch waren alle dankbar, dass sie nicht zu Fuß gehen mussten; besonders die alten Menschen und die Frauen, die noch ein kleines Kind bei sich trugen.

Nefeli ging es gut und doch war auch sie froh, nicht laufen zu müssen, denn eine große Müdigkeit hatte sie erfasst.

Sie fuhren ein kleines Stück geradeaus und bogen dann um eine Ecke. Dort sah man bereits kleine rote, flache Gebäude aus Stein. Schön waren sie anzuschauen und der grüne Rasen vor den Gebäuden war von bunten Blumen umsäumt. An jedem Gebäude befand sich eine Nummer.

So etwas hatte noch niemand von ihnen je zuvor gesehen; ihr Dorf sah ganz anders aus.

Als sie bei den Gebäuden angekommen waren, hielten die Busse und Paulo winkte sie alle heraus.

Draußen erklärte er ihnen, dass für jede Familie ein kleineres der Gebäude für sie allein vorgesehen war. Für alle anderen, ohne Familienangehörige, jeweils eines der größeren Gebäude als Gemeinschaftsunterkunft. Dort gab es mehrere Zimmer mit zwei oder vier Betten, die sie unter sich aufteilen konnten, wie sie wollten. Es waren viele ohne Familie an Bord des Schiffes, da sie ihre Familien schon vorher nach Molena geschickt hatten; aber sie waren aus denselben Dörfern und kannten sich natürlich. So war es für alle kein Problem, wenn sie zusammen ein Zimmer teilten.

Auch Nefeli und Rosa bekamen ein kleines Gebäude für sich allein, denn der alte Mann hatte Paulo erzählt, dass Nefeli schwanger ist und Rosa ihr zur Seite stand, da sie ganz allein war.

Es war ein Nebengebäude, neben dem, in dem die Leute aus ihrem Dorf wohnen sollten und so waren sie doch alle beieinander.

Paulo ging mit den Leuten, die gemeinsam in ein Gebäude einziehen wollten, in das jeweilige Gebäude und erklärte ihnen alles. Sie waren alle sehr schön eingerichtet. Es gab eine große

Küche, ein Bad und noch extra eine Dusche, Möbel standen darin und alles andere, dass man zum täglichen Leben benötigt, war ebenfalls vorhanden. Sogar an Kinderbetten hatten sie beim einrichten gedacht.

Für die Flüchtlinge war es wie im Paradies.

Kannten sie doch von zu Hause diesen Luxus nicht. Ihre kleinen Häuser waren nur mit dem nötigsten ausgestattet und ein Bad oder eine Dusche hatte kaum jemand in seinem Haus; wie auch, in den meisten kleinen Dörfern mussten sie das Wasser vom Brunnen holen und statt Strom, stand eine Kerze bei Dunkelheit auf dem Tisch.

Als endlich alle untergebracht waren, ging Paulo noch einmal von Gebäude zu Gebäude um den Menschen zu sagen, dass heute nichts mehr gemacht wird. Sie sollten ankommen und sich ausruhen. Er sagte ihnen noch, dass in dem Gebäude, dass in der Mitte der Anlage steht, sich alles befindet, was sie zum Essen und Trinken benötigen. Auch Windeln für die Kinder und Spielzeug gab es dort. Sie konnten sich nehmen, was sie wollten und die Kinder können auf dem Rasen spielen. Alles war für sie gedacht, damit es ihnen hier gut ging.

Der Alte Mann ging, nachdem er sein Quartier bezogen hatte, von Gebäude zu Gebäude und erkundigte sich, ob die Leute sich zurechtfinden oder, ob er bei irgendetwas behilflich sein kann. Er hatte mit seiner Familie in einem größeren Ort gewohnt und kannte sich mit Duschen, Toiletten und einem modernen Herd aus. Hier gab es keine

Gasflaschen, die man an den Herd anschließen musste um kochen zu können. Viele von ihnen hatten ja noch eine offene Feuerstelle um das Essen zuzubereiten. Für die meistens waren diese Dinge neu.

So klopfte er auch an Nefelis und Rosas Tür. Die Frauen baten ihn herein und freuten sich sehr darüber, dass er zu ihnen kam. Tatsächlich konnte er ihnen behilflich sein. Er erklärte ihnen alles, was sie wissen wollten. Zum Schluss sagte er noch zu Rosa:

„Du kannst deine Matratze wieder auf das Bett legen, das Gestell ist dazu da, dass du besser schlafen kannst, als auf dem Boden. Es ist dann auch nicht mehr so anstrengend für dich wenn du aufstehen willst", und gemeinsam mit Rosa legte er die Matratze zurück auf das Bett.

Weiter sagte er, dass er alle aufgesucht hatte und mit ihnen so verblieben war, dass sie sich ein wenig später im Mittelgebäude treffen wollten um Lebensmittel usw. zu holen. Dann könnten sich auch alle miteinander reden und sich austauschen.

Nefeli und Rosa fanden das gut und sie beschlossen, gleich mit dem Alten mitzugehen.

Nach und nach trafen alle in dem großen Gebäude ein. Noch ganz erschlagen von den vielen neuen Eindrücken, kamen sie hier erneut ins staunen. Welch eine Fülle tat sich vor ihnen auf! So viele gute Lebensmittel, das Spielzeug für die Kinder, frisches Obst und Gemüse; sie konnten es nicht glauben und für einen Moment vergaßen sie den Krieg, die Flucht und man sah ein kleines Lächeln in ihren

Gesichtern. Manche weinten sogar vor Freude. Ein kleines Paradies auf Erden hatte sich vor ihnen angetan. Hunger hatte bisher niemand von ihnen leiden müssen, auch während der Flucht auf dem Schiff nicht, aber alles, was sie bisher hatten, war in einem viel bescheidenerem Maß.

Dankbarkeit überkam sie und als ein Mann anfing zu beten, taten sie ihm gleich. Sie dankten der Madonna für alles und sie baten sie um Beistand für ihre Familien, von denen sie nicht wussten, wo sie waren und ob sie noch lebten.

Zum Schluss stimmten sie noch ein Lied aus ihrer fernen Heimat an.

Niemand hatte bisher die Frau bemerkt, die still in einer Ecke saß.

Tränen liefen über ihr Gesicht beim Anblick all dieser Menschen, deren

Dankbarkeit und Ehrfurcht, die sie zum Ausdruck brachten. Sie war als Ärztin den Flüchtlingen zugeteilt und wollte sich heute Abend bei ihnen vorstellen. Sie wartete. Irgendwann würde der richtige Zeitpunkt kommen und sie konnte das Wort ergreifen. Sie sprach italienisch und somit war das kein Problem.

Langsam beruhigten sich die Gemüter und jeder deckte sich mit dem ein, was er benötigte um ein Essen zu kochen. Die Kinder waren überglücklich mit ihren Spielsachen und waren schon eifrig am spielen.

Die Ärztin erhob sich von ihrem Stuhl und bat mit lauter Stimme um Gehör. Alle schauten sie verwundert an, denn niemand, hatte bisher Notiz von ihr genommen.; gut, saß sie auch etwas verborgen auf ihrem Stuhl. Sie stellte vor, nannte ihren Namen und warum sie hier ist. Gleichzeitig sagte sie noch, wenn jemand irgendwelche Probleme hat, könne er oder sie, gleich zu ihr kommen; sie würde sich sofort darum kümmern.

Sie machte einen sehr sympathischen Eindruck und ihre Stimme klang warmherzig, sodass Nefeli sich als Erste ein Herz fasste und sagte:

„Ich würde mich gerne von Ihnen untersuchen lassen, da ich schwanger bin und ich wissen möchte, ob mit meinem Kind alles in Ordnung ist".

Die Ärztin erwiderte, dass sie gleich morgen früh zu ihr kommen soll und sie würde sie dann untersuchen. Sie sagte Nefeli noch, wo sie zu finden ist und da niemand sich weiter meldete, verabschiedete sie sich von den Leuten. Alle waren froh, dass es hier eine

Ärztin gab; besonders die Familien mit kleinen Kindern, denn die konnten schnell einmal Fieber oder etwas anderes bekommen; es war für alle sehr beruhigend.

Langsam machten sich alle wieder auf den Weg, zurück in ihre Gebäude.

Nefeli, Rosa und der alte Mann gingen gemeinsam ein Stück des Weges.

Der alte Mann verabschiedete sich, als sie bei seinem Gebäude angekommen waren. Rosa und Nefeli gingen weiter zu ihrem kleinen Gebäude.

Dort angekommen, stellten sie die Lebensmittel auf den Küchentisch und Rosa ergriff sofort das Zepter.

„Du legst dich jetzt ein wenig hin und ich koche die Pasta für uns", sagte sie zu Nefeli und fing auch gleich an, die Tomaten zu waschen.

Nefeli war dankbar; sie spürte, dass sie

erschöpft war und legte sich auch gleich auf ihr Bett. Morgen würde sie kochen, denn schließlich war Rosa alt und hatte ein wenig Ruhe auch bitter nötig.

Nefeli war froh, dass sie Rosa an ihrer Seite hatte, dachte sie noch bevor sie tief und fest einschlief.

Rosa werkelte derweilen in der Küche. Es machte ihr Freude für jemanden sorgen zu können und die vielen frischen Zutaten ließen ihr Herz höher schlagen. Inständig hoffte sie, dass es ihren Kindern auch so gut geht.

Gerade, als sie darüber nachdachte, wo ihre Kinder jetzt wohl sein mögen, klopfte es an der Tür. Schnell ging sie, um zu öffnen. Vor ihr stand der alte Mann und sie bat ihn herein. Er hatte sich ein wenig einsam gefühlt in seiner Unterkunft und dachte, er stattet Rosa und Nefeli noch einen Besuch vor dem schlafen gehen ab. Es war nicht so, dass die anderen Mitbewohner sich nicht um ihn gekümmert hätten; im Gegenteil, sie kochten für ihn mit und sie hatten alle zusammen gegessen. Doch irgendwie war es nicht so richtig, etwas fehlte. Wenn er mit Rosa und Nefeli zusammen war, dann fühlte er sich besser.

Vielleicht war es, weil Rosa schon so alt war und besser verstand, als alle anderen, da sie schon einen Krieg mitgemacht hatte und nun auch nicht wusste, wo ihre Kinder sind.

Beide redeten schon eine ganze Weile miteinander, als Nefeli in die Küche kam. Der Hunger hatte sie geweckt und sie freute sich, als sie den alten Mann bei Rosa sitzen sah. Sie umarmte ihn und dann setze sich zu ihnen.

„Dann können wir ja jetzt essen, ich habe auch schon Hunger", sagte Rosa.

Sie hatte Nefeli nicht wecken wollen als das Essen fertig war und die Töpfe in eine Decke gewickelt, damit alles warm bleibt.

„Du isst natürlich mit uns, ich habe reichlich gekocht", sagte sie mit Blick auf den alten Mann.

„Das ist gut gemeint, aber ich habe schon gegessen. Sie haben für mich mit gekocht und wir haben alle gemeinsam gegessen", erwiderte er.

Er verabschiedete sich und sagte noch beim gehen, dass sein Name Enzo ist.

Rosa füllte das Essen auf und sie ließen es sich gut schmecken, denn es war köstlich was Rosa gekocht hatte. Auch der frische Salat war von ihr gut zubereitet und Nefeli dachte bei sich, dass sie von Rosa noch so einiges lernen konnte. Sie hatte zwar von Mutter und Großmutter kochen gelernt, aber dieses Essen schmeckte anders; doch sehr gut. Die gute, warme Mahlzeit ließ sie für kurze Zeit das ringsherum vergessen. Gesättigt gingen sie zu Bett, denn morgen früh sollte Nefeli zu der Ärztin kommen; Rosa wollte sie begleiten.

Mit dem Baby in ihrem Bauch war alles in Ordnung.

Als sie gerade wieder zurück waren, klöpfte Paulo an ihre Tür und bat sie, mit ihm zu kommen, weil sie nun registriert werden sollten. Nefeli und Rosa gingen mit ihm. Wieder wartete ein Bus auf sie, der sie zu dem Gebäude brachte, als sie angekommen waren. Freundlich wurden sie begrüßt und man reichte ihnen einen frischen

Saft. Nefeli und Rosa hatten sich auf das Sofa gesetzt und warteten. Sie schauten sich genau um. Alles war so sauber und ordentlich und der Saft schmeckte vorzüglich.

Sie mussten nicht lange warten und Paulo kam mit einer jungen Frau zu ihnen. Er erklärte ihnen, dass sie einige Fragen beantworten mussten und er als Dolmetscher fungierte.

Nachdem alle persönlichen Daten genannt und von der jungen Frau zu Papier gebracht waren, fragte Paulo ob er irgendetwas für sie beide tun kann.

Nefeli erzählte ihm davon, dass sie keine Nachricht von ihrem mehr bekommen hatte und er gar nicht wusste, dass sie schwanger ist. Paulo ließ sich die Adresse von ihrem Mann geben; er wollte versuchen, ihn zu erreichen. Nun war Rosa an der Reihe und sie erzählte ihm ebenfalls, dass sie nicht weiß, wo ihre Kinder jetzt sind.

Auch in diesem Fall bat Paulo um die Adressen und Rosa reichte ihm ihren Brief auf der eine Adresse stand. Es stellte sich heraus, dass Rosa nicht lesen und schreiben konnte; man musste ihr die Post von ihren Kindern vorlesen. Aber das war kein Problem, denn statt einer Unterschrift machte sie ihren Daumenabdruck auf das Papier, dass ihr die junge Frau zum unterschreiben gereicht hatte.

„Das war erst einmal alles. Ich habe noch eine gute Nachricht für euch. Ihr könnt hier wohnen bleiben bis der Krieg zu Ende ist; ihr werdet nicht woanders hingebracht, wie die anderen Flüchtlinge vorher. Der Krieg macht es unmöglich noch weitere Flüchtlinge über das Meer hierher zu bringen und somit seid ihr die letzten, die es noch geschafft haben", sagte Paulo.

Rosa und Nefeli waren froh, dass sie hier bleiben konnten und nicht noch weiter transportiert werden. Hier war Paulo der ihre Sprache sprach und die Ärztin auch; ebenso waren sie umgeben von ihren Landsleuten. Sie saßen alle im selben Boot.

Damit war die Registrierung beendet und der Bus brachte sie und noch einige andere wieder zurück zu ihren Gebäuden.

Dort angekommen kochte Rosa für sich erst einmal einen Espresso und für Nefeli machte sie eine warme Tasse Schokolade.

Sie nahmen zwei Stühle, ihr Getränk und setzten sich damit in die warme Sonne vor ihre Tür.

Ihre Gedanken wanderten in die Ferne.

So saßen sie eine Weile schweigend beieinander, als Enzo kommen sahen.

Der alte Mann kam langsam auf sie zu und erkundigte sich danach, was heute früh gewesen ist. Rosa erzählte es ihm und sagte ihm auch, dass sie alle hierbleiben konnten. Enzo war sichtlich erleichtert, das zu hören. Er hatte schon befürchtet, dass sie noch irgendwo anders hingebracht werden.

Von hieraus war es, nach dem Krieg, auch möglich, mit einem Schiff wieder nach Hause zu fahren. Froh war er auch, als er hörte, dass Paulo die Namen und letzten Adressen der Angehörigen haben wollte um bei der Suche nach ihnen behilflich zu sein.

Ob es überhaupt eine Möglichkeit gab? Jedenfalls gab es jemandem, der helfen wollte und das weckte Hoffnung. Rosa hatte ihm aus der Küche noch einen

Stuhl und einen Espresso geholt und so setzte er sich zu ihnen in die warme Sonne. Es hätte so ein schöner Tag sein können, wenn nicht.....

Doch, sie mussten dankbar sein, dass sie hier in Sicherheit waren, nur die Ungewissheit über den Verbleib ihrer Familien trübte ihre Gedanken.

Nach und nach wurden alle zur Registrierung abgeholt und auch Enzo war endlich an der Reihe.

Vorort erzählte er Paulo, dass seine ganze Familie zuvor auf Molena untergebracht war, doch, als sie auch dort hin wollten, mussten sie feststellen, dass es auf der Insel keinen Menschen mehr gab und alle fort sind.

Paulo hörte ihm aufmerksam zu; er hatte einen Gedanken.

Aber er sagte noch nichts davon zu

Enzo, schließlich konnte er sich ja auch irren und wollte keine falsche Hoffnung wecken. Er würde sich jedoch sofort darum kümmern, sobald die letzten Personen registriert waren.

Es war soweit. Alle waren registriert und wurden nun mit dem Bus zurück gebracht.

Er griff nach dem Hörer des Telefon und wählte eine Nummer.

Am anderen Ende meldete sich Arthur und sofort berichtete Paulo ihm, was Enzo ihm gesagt hatte.

„Warte einen Moment, ich schaue nach ob es die Familie hier gibt oder, wo sie sein könnte", sagte er.

Er war auch davon überzeugt, dass die Flüchtlinge von Molena hier bei ihnen untergebracht wurden.

Es dauerte eine ganze Weile bis Arthur wieder ans Telefon kam, aber dann sprudelte es aus ihm heraus. Er hatte tatsächlich die Familie gefunden, da diese ihrerseits nach ihm suchte und ihn bei ihrer Registrierung gemeldet hatte. Sie waren ganz in der Nähe untergebracht und die beiden Männer verabredeten sich für den nächsten Tag, um gemeinsam zu der Familie zu gehen. Sie wollten ganz sicher sein und hatten dazu noch einige Fragen.

Am nächsten Tag war Paulo pünktlich bei Arthur erschienen und sie machten sich mit dem Auto sofort auf den Weg zu den Unterkünften der Flüchtlinge. Dort angekommen gingen sie in das Büro und fragten, wo sie die Familie finden konnten. Es war gleich um die Ecke und nach wenigen Metern standen sie bereits vor dem Gebäude. Auf dem Rasen vor dem Gebäude spielten Kinder und eine alte Frau passte auf sie auf. Paulo begrüßte sie auf italienisch und fragte nach der Familie, die sie suchten. Die alte Frau schaute die beiden Männer an und sagte:

„Hier sind sie richtig, ich bin die Großmutter dieser Kinder und wir wohnen alle in diesem Gebäude".

Arthur und Paulo merkten, dass sie aufgeregt wurden; sollte es tatsächlich so viel Glück geben und sie konnten die Familie wieder zusammen bringen?

Paulo bat die alte Frau mit ihnen ins Haus zu den anderen zu gehen und auch die Kinder mitzunehmen. Die alte Frau wunderte sich, aber sie stellte keine Fragen, sondern tat, was ihr von Paulo gesagt wurde.

Drinnen im Haus waren ihre Tochter, ihr Schwiegersohn und noch zwei weitere Kinder.

Sie setzten sich um den Küchentisch und Arthur stellte einige Fragen. Dann fragte er noch einmal, ob der Name richtig geschrieben ist und sie wirklich aus dem Ort kommen, den sie genannt hatten und der auf dem Papier stand.

Sie bestätigten alles und als die alte Frau auch noch sagte, dass ihr Mann schneeweiße Locken hat, da waren sie sicher und ließen die Katze aus dem Sack.

Atemlose Stille herrschte für eine Sekunde, die dann umschlug in wildes durcheinander reden, vermischt mit Tränen und Umarmungen.

Sie konnten es nicht fassen!

Ihr Mann, Vater und Großvater war hier, ganz in der Nähe. Sie umarmten Paulo und Arthur immer wieder.

Die Beiden waren sichtlich gerührt und freuten sich, dass sie der Familie helfen konnten. Sie besprachen nun, wie es weitergehen sollte. Da sie schon einige Zeit hier lebten, wollte sie vielleicht hierbleiben und Enzo sollte zu ihnen kommen. Doch, der Familie war es egal, sie würden auch alle zu Enzo ziehen. Da noch einige kleine Gebäude frei waren, war es möglich. Es kamen ja keine weiteren Flüchtlinge mehr.

Da die Gebäude alle eingerichtet waren und sie nur ganz wenige persönliche Habseligkeiten hatten, wäre ein Umzug schnell und einfach erledigt.

Aber Enzo sollte das entscheiden.

Arthur und Paulo verabschiedeten sich von allen und versprachen, ihnen morgen mitzuteilen, wie Enzo sich entschieden hatte.

Rasch fuhren sie davon. Paulo ließ Arthur bei seiner Arbeitsstelle raus und fuhr dann, so schnell er konnte, weiter. Was für ein Tag. Ringsherum tobte der Krieg und hier konnten sie eine Familie wieder zusammen bringen. Es gab etwas, dass die Hoffnung nicht völlig zerstört.

Mit quietschenden Bremsen hielt Paolo vor Enzos Unterkunft. Doch, da war er nicht. Er fuhr weiter zum Gebäude in dem Nefeli und Rosa wohnten und siehe da, Enzo saß mit den beiden Frauen zusammen vor dem Haus. Sie winkten ihm zu, als sie das Auto kommen sahen. Paolo sprang heraus, riss den völlig verdatterten Enzo in seine Arme und küsste ihn herzhaft auf beide Wangen. Nefeli und Rosa wunderten sich, aber sie mussten lachen; der Anblick war zu köstlich.

„Enzo, ich habe dir etwas wunderbares mitzuteilen. Setzt dich lieber, sonst fällst du noch um", sagte Paolo und drückte Enzo zurück auf den Stuhl.

Nun waren aber alle gespannt, was das wohl sein würde.

Paulo begann zu erzählen.....

Als er endete, sagte keiner ein Wort. Sie konnten nicht glauben, was sie gerade gehört hatten.

Enzo sah Paulo ungläubig an und war unfähig, auch nur ein Wort zusagen. Tränen liefen ihm über seine faltigen Wangen. Rosa stand auf und ging zu ihm. Sie legte ihren Arm um Enzo und strich ihm sanft über den Rücken.

„Die Madonna hat uns, in unserer Not, nicht vergessen", sagte sie leise.

Sie ging zurück zu ihrem Stuhl und wischte sich ihre Tränen von den Wangen.

Auch Nefeli war in Tränen aufgelöst; es war eine Situation, die man nicht beschreiben kann. Freude und Leid, so nah beieinander. Sie dachte an Nicos und das Kind in ihrem Bauch fing wieder an zu strampeln; es war, als würde es verstehen.

Doch, ist es nicht so, dass es versteht, obwohl noch nicht geboren?

Paulo sprach nun mit Enzo über alles weitere. Enzo hatte sich entschieden mit seiner Familie hier zu leben, da er Rosa und Nefeli nicht alleine lassen wollte; sie waren in den wenigen Tagen gute Freunde geworden und er konnte immer zu ihnen kommen. Seine Familie würde es verstehen und die beiden auch in ihre Herzen schließen.

Morgen würde er Enzo zu seiner Familie fahren und dort konnten sie dann alles weitere besprechen. Er sagte Enzo noch in welches Gebäude er mit seiner ganzen Familie einziehen kann und verabschiedete sich kurz darauf.

„Heute Abend isst du mit uns, dann können wir über alles noch einmal in Ruhe sprechen", sagte Rosa zu Enzu und entschwand in die Küche um das Essen zu kochen. Nefeli und Enzo folgten um ihr dabei zu helfen.

Es wurde ein langer Abend; den keiner von ihnen je vergessen würde.

Paulo holte Enzo frühzeitig ab. Sie mussten nur eine knappe halbe Stunde fahren, aber Enzo kam es wie eine Ewigkeit vor. Er konnte es kaum erwarten seine Lieben in die Arme zu schließen. Als sie mit dem Auto vor dem Gebäude ankamen, sah er sie. Alle hatten sich vor dem Haus versammelt, als sie das Auto von weitem kommen sahen. Jubel brach aus und Enzo war nicht mehr zu halten. Er sprang aus dem Auto, als ob er noch ein junger Bursche war. Vergessen waren die kleinen oder größeren Wehwechen, er war einfach glücklich, seine Familie wieder in die Arme nehmen zu können.

Alle lebten.....

Bevor sie ins Haus gingen sagte Paulo, dass er in ca. einer Stunde wieder kommt. Bis dahin sollten sie alles besprechen und, wenn seine Familie einverstanden ist und zu ihm kommen will, ihre Sachen packen; viel hatten sie ja nicht. Er selber würde dann ihre Sachen im Auto mitnehmen und für die ganze Familie einen kleinen Bus schicken, dann können sie zusammen fahren.

Nachdem sie sich alle immer wieder umarmt und geküsst hatten, erklärte Enzo seiner Familie weshalb er möchte, dass alle mit zu ihm kommen sollen. Sie verstanden ihn und niemand hatte etwas dagegen; im Gegenteil, sie wollten Rosa und Nefeli kennenlernen.

Als Paulo nach einer Stunde wieder da war, teilte Enzo ihm mit, was sie beschlossen hatten. Ihre Sachen hatten sie gepackt und alle halfen, sie zu Enzos Auto zu bringen. Die Kinder waren sehr aufgeregt. Für sie war es wie ein kleines Abenteuer; zumindest für die kleineren Kinder. Die größeren verstanden schon, was Krieg und Flucht bedeutet, aber sie freuten sich auch, dass der Großvater wieder bei ihnen war.

Schnell war alles im Auto verstaut und Paulo fuhr als erstes zu Arthur um ihm mitzuteilen, dass alle zu Enzo ziehen wollten und er doch bitte einen kleinen Bus zu der Familie schicken möchte.

Arthur versprach, sich sofort darum zu kümmern; er freute sich, dass in den ganzen Wirren eine Familie schon wieder vereint werden konnte. Die beiden Männer verabschiedeten sich voneinander und Paulo setzte seinen Weg fort.

Inzwischen hatten Nefeli und Rosa in dem neuen Zuhause von Enzo und seiner Familie gelüftet und es so gut es ging hergerichtet. Sie hatten für die Kinder noch Betten besorgt und auch an Lebensmittel hatten sie gedacht. So war das Notwendigste erst einmal vorhanden und alles andere konnten sie sich später selber aus dem Gebäude mit den Lebensmitteln holen. Einige Spielsachen für die Kleinen hatten sie noch auf die Betten gelegt und dann machten sie sich auf den Weg, zurück zu ihrem Gebäude. Sie waren gespannt auf Enzos Familie und sie freuten sich sehr mit ihnen. Nefeli sagte zu Rosa, dass sie sich ein klein wenig hinlegen möchte; trotzt aller Freude über das Ereignis, war sie heute sehr traurig, da ihr wieder schmerzlich bewusst wurde, wie sehr Nicos ihr fehlt. Inständig hoffte sie, dass es auch für sie Beide so eine gute Fügung des Schicksals gibt. Sie legte sich auf ihr Bett und dachte an Nicos.

Rosa saß derweilen in der Küche und trank einen Espresso. Auch sie dachte an ihre Kinder und wo sie jetzt wohl sein mögen. Sie wünschte sich nur, dass sie noch so lange leben durfte, bis sie sich wiedergefunden haben.

Mehr wollte sie nicht..

Lautes hupen schreckte sie aus ihren Gedanken. Der Fahrer des kleinen Busses, mit Enzo und seiner Familie, hatte sich einen Spaß daraus gemacht, ihre Ankunft mit lautem hupen zu verkünden. Alle kamen aus ihren Gebäuden um zu schauen. Selbst Nefeli war hochgeschreckt und sie eilte zu Rosa. Beide Frauen machten sich auf den Weg um Enzos Familie zu begrüßen. Von überall kamen sie, denn niemand wollte das Ereignis verpassen.

Für den Abend hatten sie ein Fest geplant, auch wenn sie alle ihre Sorgen und Nöte hatten.

Das Enzo seine Familie so schnell wieder gefunden hat, war für sie alle wie ein Licht in der Dunkelheit, in den dunklen, traurigen und bitteren Tagen des Krieges; weit ab der Heimat.

Der Abend wurde wunderschön und für wenige Stunden waren sie nichts weiter, als fröhliche Menschen, die gemeinsam ein Fest feierten.

Nicos...

Sein Herz schrie ihren Namen....

Nefeli, wo bist du?

Schon, als er erschöpft und müde den Weg durch das Dorf zu ihrem Haus gegangen war, hatte er bemerkt, dass irgendetwas nicht so war, wie sonst. Wo waren die Dorfbewohner? Kein Mensch war zu sehen, die Türen der Häuser standen offen und eine unheimliche Stille lastete über dem Dorf.

Nicos sah sich im Haus um.

Überall lag dicker Staub und aus der Tasse, auf dem Küchentisch, wuchs der Schimmel heraus.

Seit 2 Jahren hatte er keine Post mehr von seiner Frau erhalten und erst vor wenigen Tagen gab man ihm einen Brief, in dem Nefeli ihm schrieb, dass sie schwanger ist. Er hatte sofort

Heimaturlaub beantragt und sich auf den Weg zu seiner Frau gemacht.

Er war Vater und wusste nicht einmal, ob es ein Mädchen oder ein Junge ist.

Doch, wo waren Nefeli und sein Kind? Wo sind sie hin? Ist ihnen etwas passiert?

Schwer ließ sich Nicos auf einen Stuhl fallen und weinte hemmungslos; sein Herz hörte nicht auf ihren Namen zu rufen.

Er musste hier raus.

Wie von Sinnen rannte er durch das menschenleere Dorf und machte erst wieder halt, als er vor der Kirchentür angekommen war.

Vorsichtig öffnete er die Tür...

Was er dann erblickte, ließ ihn das Blut in den Adern gefrieren.......

Der Pfarrer und Daniele waren tot. Sie lagen ganz dicht nebeneinander mit gefalteten Händen. Nicos ging näher und dann erst sah er, dass nur die gefalteten Hände auf der Brust des Pfarrers und Daniele lagen.

Entsetzen stand in seinen Augen. Man hatte die beiden nicht nur getötet, sondern ihre Leichen auch geschändet. Oder taten sie es bereits, als beide noch lebten?

Hatte man am Ende mit seiner Frau und seinem Kind dasselbe gemacht? Seine Gedanken waren so grauenvoll. Nicos rannte aus der Kirche und übergab sich. Verzweifelt warf er sich zu Boden und er weinte und schluchzte hemmungslos, wie ein kleines Kind. Der Himmel hatte erbarmen mit ihm und er sank in einen tiefen Schlaf.

Als Nicos wieder erwachte, war die Sonne schon fast untergegangen. Er stand auf, klopfte den Staub von seiner

Kleidung und beschloss, in jedem Haus nachzuschauen, ob er irgendwelche Hinweise auf den Verbleib der Leute finden konnte. Er machte sich auf die Suche und gerade, als er keinerlei Hoffnung auf einen Hinweis mehr schöpfte, fand er im Haus des Bäckers einen Zettel auf dem Tisch. Mit großen Buchstabenstand dort nur ein Wort „FLUCHT" und darunter ein Datum. Sie hatten also alle vor 2 Jahren flüchten müssen.

Doch wohin?

Nicos nahm den Zettel und beschloss zurück nach Norden zu gehen, doch zuvor wollte er Nefeli eine Nachricht schreiben und auf ihren Tisch legen. Er ging zu ihrem Haus, das auch sein Haus war, und nahm einen Zettel und einen Stift aus einer der verstaubten Schubladen und schrieb. Den Zettel ließ er auf dem Küchentisch liegen und stellte eine leere Vase darauf. Er sah sich noch einmal um und ging.

Müden Schrittes, wie ein alter Mann, ging er zum Dorfausgang.

Er hielt sich bedeckt, da er nicht wusste, ob jederzeit der Feind nicht noch einmal irgendwo auftauchen würde. Man hatte ihm zwar vor seiner Abreise gesagt, dass es hier jetzt ruhig ist, aber sicher konnte niemand sein. Nach zwei Tagen kam er endlich in seiner Militärstation an und berichte seinem Vorgesetzten von allem, was er im Dorf gesehen hatte.

Dieser war zutiefst erschüttert, aber er sagte zu Nicos:

„Ruhe dich noch einen Tag aus, aber danach brauchen wir dich wieder im Hospital. Es warten viele Verwundete und wir benötigen jede Hand. Auch steht ein komplizierte Operation an und wir hatten inständig gehofft, dass du rechtzeitig zurückkommst und sie ausführen kannst; wir sehen uns dann übermorgen", sagte er noch und eilte auch schon davon.

Nicos ging zu seinem Zimmer und stellte seinen Rucksack ab. Hier hatte sich während seiner Abwesenheit nichts verändert und er ging erst einmal unter die Dusche, bevor er sich etwas zu essen und zu trinken holte. Das sie hier bis jetzt vom Krieg verschont waren, glich einem Wunder. Aber das Hospital befand sich abseits der Wege und Landstraßen. Es wurde extra errichtet, als der Krieg ausbrach , um Verwundete zu versorgen und von außen war es gut getarnt.

Nicos ging wieder seiner Arbeit nach und hatte kaum Zeit zum nachdenken.

Tage und Wochen vergingen. Nefeli und Rosa hatten nichts über den Verbleib ihrer Angehörigen gehört, denn Paulos Suche war bisher erfolglos. Nefeli und ihrem Baby ging es gut und bald würde der Tag der Geburt anstehen. Lange konnte es nun nicht mehr dauern hatte die Ärztin gesagt. Oft musste sie jetzt weinen, denn wie gerne hätte sie Nicos bei sich gehabt. Aber hatte er ihren Brief überhaupt erhalten in dem sie ihm mitteilte, dass er Vater wird? Die große Ungewissheit machte alles noch schlimmer, als es so schon war. Sie alle hatten sich hier gut eingelebt und waren zu einer großen Gemeinschaft geworden, in der sie versuchten, das Beste aus der Situation zu machen. Einige Worte der fremden Sprache hatte sie auch schon gelernt, denn sie konnten sich überall frei bewegen und hatten hier und da auch Kontakt mit den Einheimischen. Alle waren freundlich zu ihnen und es gab keinen Grund sich zu beklagen. Die Kinder, die schon zur Schule mussten, wurden hier, in einem Gebäude auf dem Gelände, unterrichtet und einen Kindergarten hatten sie inzwischen auch. Alles war gut organisiert und es fehlte ihnen an nichts.

Weihnachten stand vor der Tür und Paulo hatte schon einen großen Weihnachtsbaum aufstellen lassen und ihnen alles zum schmücken gegeben. Rosa und einige andere kannten diesen Brauch gar nicht. Weihnachten gingen sie in die Kirche, aber etwas besonderes gab es an diesen Tagen nicht. Sie waren arm und immer froh, wenn alle satt wurden und keiner hungrig zu Bett gehen musste. Doch sie freuten sich über den Baum und halfen den Kindern beim schmücken. Viele bunte Kugeln hingen sie in den Baum und steckten weiße Kerzen auf die Zweige. Die Kringel und die kleinen Figuren aus süßer Schokolade sollten erst am Weihnachtstag in den Baum gehängt werden, da ansonsten jeder, der am Baum vorgeht, naschen würde.

Weihnachten.....

Es war das erste Weihnachtsfest in der Fremde und die Sehnsucht nach der Heimat war sehr groß. Sie hatten beschlossen, dass sie alle zusammen feiern wollten und jeder seinen Teil zum gelingen des Festes beitragen sollte. Den meisten Erwachsenen war nicht zum feiern zumute, aber wegen der Kinder ließen sie sich nichts anmerken. Sie sollten, so weit es eben möglich war, unbeschwert die Zeit in der Fremde verbringen. Natürlich bekamen sie es mit, wenn ihre Eltern und Großeltern über die ferne Heimat sprachen und sie sahen auch deren Tränen, sie hatten sich gut eingelebt, sprachen die neue Sprache mehr oder weniger gut und waren in der Schule anerkannt. Die Erinnerung war in die Ferne gerückt, denn ihr neues Leben war interessant und abwechslungsreich. Alle waren mit den Vorbereitungen beschäftigt und die letzten drei Tage vor dem Fest vergingen sehr schnell.

Heute war es soweit und Nefeli wollte gerade aus der Tür gehen um schon einiges, was sie und Rosa vorbereitet hatten, zum Festsaal zu bringen, als plötzlich ein siedend heißer Schmerz durch ihren Unterleib fuhr. Fast wäre ihr alles aus den Händen gefallen. Mühsam ging sie zu einem Stuhl und setzte sich. Sie atmete tief durch , so, wie es die Ärztin ihr gesagt hatte und rief nach Rosa. Rosa eilte aus der Küche zu ihr und sah sofort, dass Nefeli Wehen hatte.

„Es wird ein Christkind, es wird ein Christkind", murmelte sie, während sie Nefeli sanft über den Rücken strich.

„Wenn du wieder durchatmen kannst und der Schmerz verklungen ist, gehen wir sofort zur Ärztin, damit sie dir im Notfall helfen kann", sagte Rosa zu Nefeli.

Rosa holte die kleine Tasche mit den Babysachen und ging zu Nfeli.

„Ich glaube, jetzt können wir gehen", sagte Nefeli zu Rosa; stand auf und hakte sich bei Rosa unter.

Die beiden Frauen machten sich auf den kurzen Weg und erreichten das Gebäude, indem die Ärztin ihre Praxis hatte, gerade noch rechtzeitig vor der nächsten Wehe. Schnell schob Rosa Nefeli einen Stuhl hin, damit sie sich setzen konnte. Die Ärztin wohnte über der Praxis und hatte die Frauen zufällig kommen gesehen. Sie nahm ihre Arzttasche und lief schnell nach unten zu den beiden Frauen.

Sie sprach beruhigend auf Nefeli ein. Als die Wehe nachließ, fragte sie wie oft die Wehen kommen und wann sie die erste Wehe gespürt hatte. Sie nahm Nefeli mit in den Nebenraum, indem eine Liege stand und bat Nefeli sich darauf zu legen. Sie wollte Nefeli noch einmal untersuchen um sich davon zu überzeugen, dass alles in Ordnung ist und ob es eine normale Geburt werden würde. Im Moment sprach alles dafür und so konnten sie nur warten.

Es war noch keine Stunde vergangen,

als die Wehen so heftig wurden und die Fruchtblase platzte. Nefeli hatte keine Minute um sich zwischen den Wehen zu entspannen. Ihr ganzer Körper war ein einziger, heftiger Schmerz und sie wimmerte vor sich hin. Die Ärztin und Rosa kümmerten sich liebevoll um sie und gerade, als die Ärztin noch einmal schauen wollte, wie weit es mit der Geburt vorangeschritten ist, da schrie Nefeli laut auf und fing an zu keuchen. Es ging alles so schnell...

Vollkommen erschöpft lag Nefeli auf der Liege und Tränen liefen ihr über die Wangen.

„Nefeli, du hast eine hübsche Tochter bekommen; schau nur", sagte die Ärztin und hielt ihr das Baby hin. Sie hatte es in ein Tuch gewickelt und gab es nun Nefeli in den Arm. Alles, was sie im ersten Moment sah, waren viele dunkle Haare und als Rosa das Tuch etwas beiseite zog, blickte sie in ein Gesicht, dessen Anblick sie nie im Leben mehr vergessen würde. Ihre kleine Tochter sah aus wie Nicos. Sie konnte nicht anders; alles brach aus ihr heraus und sie weinte hemmungslos. Beide Frauen verstanden nur zu gut, was in Nefeli vor ging und ließen sie weinen.

Ruhig blieben sie bei ihr sitzen. Beide waren froh, dass die Geburt schnell und gut verlaufen war und, dass das Baby gesund ist. Nefeli würde sich schon wieder beruhigen.

Erst, als das Baby anfing zu schreien versiegten Nefelis Tränen. Sie wiegte ihre kleine Tochter in ihren Armen und versuchte sie zu beruhigen.

,,Sie hat Hunger'', sagten die Ärztin und Rosa wie aus einem Mund.

Rosa zeigte Nefeli wie sie ihre Tochter richtig an die Brust legen muss, damit es beim trinken auch atmen kann. Die Kleine fing an zu saugen, doch , aller Anfang ist schwer und als sie nicht sofort Milch bekam, fing sie lauthals an zu schreien.

„Eine kräftige Stimme hat sie ja", sagte die Ärztin und lachte, „versuche es immer wieder mit dem anlegen, sie muss es ja erst noch lernen. Du wirst sehen, sobald sie das erste Mal die Milch geschmeckt hat, weiß sie wie es geht".

Die ganze Situation entspannte sich, das Baby trank und die Ärztin hatte inzwischen ein Auto organisiert, das die Drei zu ihrem Gebäude fahren sollte. Heute sollte Nefeli noch liegen, aber ab Morgen konnte sie wieder aufstehen, da alles in Ordnung war. Sie würde aber noch einmal zu ihnen kommen und nachschauen, ob alles gut ist. Im übrigen kannte Rosa sich auch gut aus, denn bei ihr Daheim wurde alle Kinder zu Hause geboren und, falls es erforderlich werden sollte, würde sie sofort die Ärztin holen.

Das Auto kam vorgefahren und Rosa nahm Nefeli das Baby ab. Die Ärztin unterstützte Nefeli beim aufstehen und brachte sie zu dem Auto.

Beim Abschied sagte sie noch:

„Denke dir einen schönen Namen aus für deine kleine Tochter", winkte noch einmal und ging ins Haus.

Darüber hatte Nefeli wohl schon einmal nachgedacht, aber da sie nicht wusste, ob es ein Mädchen oder ein Junge wird, hatte sie den Gedanken an einen Namen nicht weiter verfolgt. Außerdem hatte sie gehofft, dass Nicos mit ihr gemeinsam einen Namen aussucht; nun musste sie den Namen allein entscheiden, aber heute nicht mehr; Morgen ist auch noch ein Tag.

In diesem Jahr konnten sie nicht an der Weihnachtsfeier teilnehmen, aber Nefeli war nicht traurig darüber, hatte sie doch heute das schönste Geschenk ihres Lebens bekommen; ihre kleine Tochter. Rosa blieb bei ihr und kochte für sie beide einen Tee.

Sie war heilfroh, dass alles gut gegangen war und das Baby gesund ist.

Es ging schon auf den Abend zu, als Rosa gewahr wurde, dass eine riesige Menschenmenge die Straße herunter kam und direkt auf ihr Gebäude zusteuerte. Es hatte sich wie ein Lauffeuer herumgesprochen, dass Nefeli eine Tochter bekommen hatte und nun wollten sie alle vor ihrem Gebäude ein Weihnachtslied singen, das sie alle aus ihrer Heimat kannten. Rosa war so gerührt, dass ihr die Tränen kamen, als Enzo ihr sagte, warum sie alle gekommen sind.

Sie ging zu Nefelis Zimmer und öffnete die Tür, damit sie den Gesang hören konnte.

Es wurde sehr still draußen, bis auf einmal jemand zu singen begann. Alle stimmten mit ein und ihr Gesang war weithin zu hören. Es war sehr feierlich und viele sangen unter Tränen alle Strophen mit.

Es war die Heimat im Herzen, die alle miteinander verband und die sie bei diesem Lied schmerzlich spürten.

Als sie geendet hatten, legten sie ihre kleinen Gaben für das Baby auf die Stufe des Gebäudes und gingen.

Ros sammelte alles ein und ging dann zu Nefeli. Sie sah, dass auch Nefeli geweint hatte. So viel Liebe wurde ihr entgegengebracht und sie verspürte eine tiefe Dankbarkeit, dass das Schicksal sie mit allen diesen Menschen zusammengeführt hatte. Einige von ihnen waren ja aus ihrem Dorf.

Weihnachten war vorbei und ein neues Jahr hatte bereits begonnen.

Einen Namen hatte ihre Tochter auch bekommen und so konnte sie ebenfalls registriert werden.

Sie hatte ihr den schönen Namen ihrer Großmutter „Adalina" gegeben und war sicher, dass er Nicos auch gefallen wird.

Der kleinen Adalina ging es gut und sie hatte sich von der Geburt gut erholt. Die Kleine machte ihr viel Freude und von Tag zu Tag konnte man immer mehr sehen, wie sie zunahm und größer wurde. Sie weinte sehr wenig und wenn, dann waren entweder Rosa oder sie gleich zur Stelle um sie in die Arme zu nehmen. Für Rosa war Adalina wie eine Enkeltochter und sie liebte die Kleine sehr. Sie hatten einen Kinderwagen bekommen und Rosa fuhr das Baby häufig darin spazieren., denn in einem Tuch tragen, dass konnte Rosa nicht mehr.

Der Krieg tobte unaufhaltsam weiter und es gab eine Postsperre. Sie hörten im Radio wie es draußen zuging und waren jedes mal sehr traurig, wenn über die grausigen Kriegshandlungen berichtet wurde. Große Sorgen um ihre Angehörigen lagen auf ihrer Brust. Oft stellten sie sich die Frage, ob sie wohl überhaupt noch am Leben waren. Auch Rosa und Nefeli plagten manchmal diese Gedanken und sie trösteten sich gegenseitig und sprachen sich Mut und Hoffnung zu.

Jahr um Jahr verging ohne jegliches Lebenszeichen von den Angehörigen.

Adalina war nun schon 6 Jahre alt und sollte eingeschult werden. Da sie den Kindergarten besuchte, hatte sie die fremde Sprache gelernt und es würde keinerlei Probleme geben. Auch Nefeli konnte die fremde Sprache schon ganz gut sprechen und hatte hier und da im Ort eine kleine Arbeit annehmen können. Die Leute mochten sie und sie bezahlten sie korrekt. So hatten sie etwas mehr zum Leben und sie konnte Rosa endlich auch einmal eine Freude machen, indem sie ihr ein hübsches Kleidungsstück kaufte oder ein Stück von dem leckeren Kuchen aus der Konditorei im Ort. Hier gab es ja alles, denn der Krieg hatte dieses Land zum Glück verschont.

So gesehen, ging es ihnen gut, aber die Sorge um ihre Familien, die Sehnsucht nach der Heimat war immer präsent. Nefeli erzählte ihrer kleinen Tochter immer wieder von ihrem Papa und dem kleinen Dorf in dem sie geboren und aufgewachsen war. Wo sie vor vielen Jahren glücklich war. Sie zeigte der Kleinen ein Foto von Nicos. Adalina schaute es sich ganz genau an und sagte :

„Mama, mein Papa hat meine Augen".

Nefeli musste lachen. Adalina hatte es richtig erkannt, nur, dass sie die Augen ihres Vaters hat und nicht umgekehrt. Sie hatte für Nicos Foto einen Rahmen gekauft und das Foto dann auf das kleine Schränkchen neben Adalinas Bett gestellt. So konnte ihre Tochter es immer anschauen.

Nicos, wo bist du...

Adalina ging nun in die erste Klasse und war eine gute Schülerin. Sie lernte schnell und hatte viele Freundinnen und Freunde gefunden.

Es war kurz vor dem Abschluss der ersten Klasse, als Paulo völlig aufgeregt zu ihnen kam.

„Setzt euch bitte, ich habe euch etwas mitzuteilen", sagte er zu Rosa und Nefeli.

Er begann zu erzählen.

Der Feind hatte sich endlich ergeben und es würde nicht mehr lange dauern und sie könnten endlich in ihre Heimat zurückkehren.

Die beiden Frauen saßen wie erstarrt

und sagten kein Wort. Was sie hörten, verschlug ihnen im wahrsten Sinne des Wortes die Sprache. Es war kein Tag vergangen, an dem sie sich nicht gewünscht hatten endlich nach Hause zu können. Nun war es fast soweit, aber sie brachten keinen Ton heraus. Adalina war die erste, die etwas sagte: „Ich will aber hier bleiben bei meinen Freunden und mit ihnen in die zweite Klasse gehen".

Nefeli, Rosa und Paulo sahen einander an. Damit hatte niemand gerechnet. Die kleinen Kinder waren ja hier aufgewachsen und kannten die Ferne Heimat nur aus den Erzählungen ihrer Eltern und Großeltern. Ihnen fehlte jeglicher Bezug dazu; hier waren sie zu Hause. Sie lebten hier zwar die Bräuche ihrer Heimat, aber das war für die kleineren Kinder nicht so bedeutend, wie für die Erwachsenen und größeren Kinder, die noch die Heimat kannten und zurück wollten.

„Daran hat wohl keiner von euch allen gedacht, denn bei euren Nachbarn, bei denen ich zuvor war, hatte der kleine Luciano dasselbe gesagt; er will auch nicht von hier weg", sagte Paulo zu Nefeli und Rosa.

Sorgenvoll blickte er sie an und sagte:

„Ich muss jetzt weiter. Ihr müsst mit Adalina sprechen und am besten setzt ihr euch mit den anderen zusammen und besprecht das; vielleicht verstehen es die Kleinen dann besser, wenn sie hören, dass sie nicht alleine sind, wenn ihr zurück geht. Nefeli, aus deinem Dorf sind doch auch Leute mit Kindern hier und ihr kennt euch alle".

Er verabschiedete sich und ging.

Das wird wohl das Beste sein, dachte

Nefeli, wir sollten alle, zusammen mit den Kindern, darüber sprechen. Sie konnte Adalina wohl verstehen, denn für sie und viele andere Kinder, war hier ihr Zuhause. Lange sprach sie mit Rosa darüber und auch Rosa fand es gut, alles weitere mit den anderen zu besprechen. Sie wollte vorab mit Enzo sprechen. Da sie beide die Ältesten hier waren, hatte ihr Wort Gewicht und man vertraute ihnen.

„Ich gehe gleich zu Enzo; mal hören, was er sagt", sagte sie zu Nefeli stand auf und ging zur Tür.

Als Rosa zurückkam, berichtete sie, dass Enzo sich schon ebenfalls seine Gedanken gemacht hatte; waren doch drei seiner Enkelkinder auch hier in der Fremde aufgewachsen und fühlten sich hier Zuhause. Weiter sagte Rosa, dass sie sich alle morgen Abend im großen Saal treffen wollen. Er hatte schon den Nachbarn Bescheid gesagt und die wiederum sagten den anderen Nachbarn Bescheid. Rosa sagte auch, dass Enzo es noch gar nicht richtig fassen konnte, was Paulo erzählt hatte. Alle hofften und träumten seit Jahren von diesem Tag und nun, da er gekommen war, waren sie alle seltsam ruhig; kein Jubel brach aus.

So viele Jahre hatten sie gewartet und mussten jetzt feststellen, dass selbst die Freude schmerzte.

Der Tag der Rückkehr war gekommen. Das Schiff wartete im Hafen und sie wurden mit Bussen dorthin gefahren. So, wie sie vor vielen Jahren kamen, so gingen sie wieder. Es gab nur wenige Dinge, die sie von hier mitnahmen und meistens waren es Photos, die sie im Laufe der Jahre gemacht hatten. Ein kleines Stück Erinnerung an eine Zeit, die sie nie vergessen würden. An die Menschen, die sie liebevoll empfangen und aufgenommen hatten. Menschen, denen ihr Schicksal nicht gleichgültig war; Menschen die ihnen bei allem hilfreich zur Seite standen, sie ernährt haben und die ihnen so schöne Gebäude mit Möbeln zur Verfügung gestellt hatten.

Jeder Einzelne von ihnen verspürte eine tiefe Dankbarkeit in seinem Herzen.

Paulo war gekommen und winkte noch einmal zum Abschied; er schämte sich seiner Tränen nicht, denn alle diese Menschen waren ihm im Laufe der Jahre ans Herz gewachsen; sie waren wie eine große Familie. Erst, als das

Schiff am Horizont verschwand, ging er zurück zu seiner Arbeit. Aber heute war er nicht mehr in der Lage zu arbeiten; er beschloss zu Arthur zu fahren um mit ihm einen Espresso in zu trinken und mit ihm über alles zu reden, denn auch bei Arthur packten die Menschen schon ihre Sachen und in zwei Tagen hieß es für sie, Abschied nehmen.

Die beiden Männer hatten sich viel zu erzählen und es blieb nicht bei dem einen Espresso. Sehr spät in der Nacht fuhr Paulo zurück.

Das Schiff fuhr auf sanften Wellen dem Horizont entgegen. Viele standen an der Reling und blickten auf das Meer. Gegen Mittag erreichten sie Molena und das Schiff stoppte. Der Kapitän kam zu ihnen und sagte:

Jeder, der damals hier auf Molena war und seine Sachen hierlassen musste, kann jetzt von Bord gehen und nachschauen, ob noch er noch etwas findet, dass er mitnehmen möchte. Ihr könnt es hierher zum Schiff bringen und meine Männer laden es dann ein. Wenn ihr Hilfe braucht, sagt mir Bescheid".

Enzo verließ mit einigen anderen das Schiff. Er hatte damals einiges hierher verfrachtet, da er dachte, dass seine Familie hier in Sicherheit ist und sie den Krieg hier abwarten können. Doch es wird wohl nicht mehr viel von dem übrig geblieben sein, denn Wind und Wetter setzen den Dingen zu.

Sie durchsuchten die Häuser in denen sie gewohnt hatten und fanden einiges, was sie zum Schiff brachten. Als alle ihre Suche beendet hatten, legte das

Schiff wieder ab und die Fahrt ging weiter. Nun waren es nur noch gute vier Stunden bis zum Heimathafen.

Aufregung machte sich unter ihnen breit. Jetzt konnten sie es kaum noch erwarten. Alle hatten sich an Deck begeben und schauten.

„Daaaaaaaaaa", schrie einer und zeigte mit dem Finger schräge nach links.

Sie blickten in die angezeigte Richtung und nun brach großer Jubel aus; sie weinten vor Freude, umarmten und küssten sich.

Sie hatten in der Fremde, die Heimat im Herzen nun lag diese, in Sichtweite, vor ihnen.

Mit zitteriger Stimme begann Rosa das Lied der Heimat zu singen und alle sangen mit.

Es war ein ergreifender Moment, der Gänsehaut verursachte.

Sie kamen dem Hafen immer näher und schon bald konnten sie die Küste erkennen. Nur noch wenige Meter trennte sie vom Heimatboden.

Das Schiff tutete laut, als es in die Hafeneinfahrt zum Anleger fuhr. Eine riesige Menschenmenge hatte sich dort versammelt. Sie waren alle gekommen, um die Rückkehrer zu begrüßen. Es hatte sich herumgesprochen, dass heute die ersten Flüchtlinge mit dem Schiff zurückkehren. Gebührend sollten sie empfangen werden und eine kleine Kapelle spielte ein fröhliches Lied.

Wahren sie doch auch erst vor wenigen Wochen wieder hierher zurückgekehrt und sie verstanden gut, wie den Menschen an Bord des Schiffes zumute war. Enzo und seine Familie kannten sie; er war ja von hier und sie wussten, dass auch er und seine ganze Familie heute dabei ist. Langsam gingen die ersten von Bord. Einige knieten nieder und küssten die Erde.

Nun hatten auch die letzten das Schiff verlassen und standen dort mit ihren wenigen Habseligkeiten. Der Pfarrer war gekommen und sagte ihnen, dass sie heute alle im großen Saal in der Schule übernachten können. Für Essen und Trinken ist gesorgt und sie werden morgen in ihre Dörfer gebracht. Den Saal in der Schule kannten sie, denn dort waren sie schon vor ihrer Flucht untergekommen, als sie auf das Schiff gewartet hatten. Enzo und seine Familie gingen auch mit, denn sie wollten diesen Abend zusammen mit den anderen verbringen. Fast sieben Jahre waren sie in der Fremde eine Gemeinschaft und wer weiß, ob sie sich jemals wiedersehen werden.

Es wurde ein sehr schöner Abend. Die Leute hatten alles so schon vorbereitet und sogar Lampions hingen von der Decke. So viele Speisen standen auf den Tischen und auch der Rotwein fehlte nicht.

Die Stimmung war unterschiedlich.

Bei allen lagen die Nerven blank und so schwankte die Stimmung immer zwischen Freude und Melancholie.

Aber sie alle waren dankbar und unendlich froh, wieder in der Heimat zu sein.

Ein Hauch vom Duft der wilden Mimosen lag in der Luft; etwas, das sie in der Fremde so sehr vermisst hatten.

Nachdem alle gegessen und getrunken hatten gingen sie hinüber zu den beiden gegenüberliegenden Räumen in denen Matratzen für sie bereit gelegt waren, damit sie dort die Nacht verbringen konnten. Morgen sollte es sehr früh losgehen und die Fahrten bis zu ihren Heimatdörfern war lang; sie mussten ausgeschlafen sein.

Enzo und seine ganze Familie hatten sich bereits tränenreich von ihnen verabschiedet. Sie hatten ihre Adressen ausgetauscht und versprachen sich zu melden, sobald sie wieder Fuß gefasst hatten.

Sie warteten vor der Schule auf die Fahrzeuge und Rosa hatte beschlossen, mit Nefeli und Adalina zu fahren und hatten sich zu den anderen aus Nefelis Dorf gesellt.

Endlich kam ihr Bus und sie stiegen ein. Adalina war schon die ganze Zeit sehr schweigsam; alles war fremd für sie. Hier sah auch alles ganz anders aus. Am liebsten hätte sie zu ihrer Mutter gesagt, dass sie wieder zurück möchte, aber das wagte sie nicht; sah sie doch , wie glücklich ihre Mutter war.

Sie fuhren zügig und kamen gut durch. Unterwegs sahen sie viele kaputte Häuser und überall lagen Trümmer. Es war ein trauriger Anblick. Aber einige Orte schienen verschont geblieben zu sein, denn dort sah alles heil aus. Die Menschen spazierten in den Straßen, Kinder spielten vor den Häusern und winkten ihnen zu.

Wie mag es wohl bei uns im Dorf aussehen, dachte Nefeli bei sich. Daran hatte sie in ihrer Wiedersehensfreude gar nicht gedacht, dass dort vielleicht auch alles zerstört worden ist. Leise sprach sie mit Rosa darüber.

„Denke nicht darüber nach, wir werden es wissen, sobald wir dort angekommen sind", antwortete Rosa.

Nefeli machte sich unnütze Gedanken, denn sie konnte ja nicht wissen, dass ihr Dorf unversehrt geblieben war.

Alle Häuser waren unbeschädigt und nur verwittert durch die Jahre. Das konnte man schnell wieder in Ordnung bringen. Soldaten hatten Danieles und des Pfarrers Leichen gefunden und auf dem Friedhof beerdigt. Sie waren durch alle Dörfer gefahren um nach Toten zu suchen. Sie wollten den Rückkehrern diesen Anblick ersparen und bestatteten alle Toten, die sie fanden, auf dem Friedhof. Es waren viele und teilweise bot sich ihnen ein Anblick, den sie nie mehr in ihrem Leben vergessen würden.

Es war ein jahrelanger, grausamer und sinnloser Krieg. Alles lag in Schutt und Asche; sinnlos vergossenes Leben auf beiden Seiten. Trauer überall.

Gegen Mittag machten sie Rast vor einer Taverne in der sie alle ein Essen bekamen und danach gab es Käse, frische Früchte und für die Kinder ein Eis. Damit hatte niemand gerechnet und sie freuten sich über die erste, leckere Mahlzeit in der Heimat. Auch Adalina schmeckte es gut. Nachdem sie gegessen hatte, setzte sie sich zu den anderen Kindern ihres Alters und sie unterhielten sich in der Sprache der Fremde, die ihnen bis jetzt Heimat war. Die Erwachsenen hörten es wohl, aber sie sagten nichts.

Bei sich dachten sie, es wird schon werden, Kinder vergessen schnell.

Aber Adalina vergaß nicht....

Der Busfahrer meinte, dass es jetzt Zeit wird weiterzufahren, damit sie noch vor Einbruch der Dunkelheit im

Dorf ankommen und jeder sich gut zurecht finden konnte. Es gab keinen Strom im Dorf und einige Kerzen und Streichhölzer sollte jeder bekommen, wenn sie am Ziel sind. Damit konnten sich alle erst einmal behelfen. Weitere Verpflegung und Getränke wurden bereits im Dorf deponiert und zwei Soldaten würden die Sachen gerecht unter ihnen aufteilen.

Wenn sie gut durchkommen, würden sie in ungefähr vier Stunden das Dorf erreicht haben.

Für Rosa war alles sehr anstrengend und sie war neben Nefeli im Bus eingeschlafen. Auch Adalina waren die Augen zugefallen und so blickte sie gedankenverloren aus dem Fenster.

Ob Nicos schon zurück und in ihrem Haus war?

Wie würden sich Vater und Tochter

gegenüber stehen? Für einen Moment hoffte und glaube sie daran, dass Nicos in ihrem Haus auf sie beide wartet.

Dann fielen auch ihr die Augen zu.

Mit einem Ruck stoppte der Bus.

Nefeli schrak hoch und schaute aus dem Fenster. Was sie sah, ließ ihr Herz höher schlagen. Endlich war sie wieder daheim. Sie weckte Rosa und Adalina und zeigte mit dem Finger aus dem Fenster des Busses.

„Zuhause", sagte sie leise und die Tränen rannen unaufhörlich über ihre Wangen.

Alle verließen mit ihren wenigen Habseligkeiten den Bus. Sie waren erleichtert, ergriffen und mit der Situation überfordert. Auf diesen Moment hatten sie sich jahrelang gefreut und immer danach gesehnt;

doch nun, da er gekommen war, wussten sie nicht, was sie machen sollten.

Weinen, lachen, singen, tanzen; sie waren in diesem Moment unfähig auch nur irgendetwas zu tun.

Rosa, die schon einmal einen Krieg erleben musste, hatte das richtige Empfinden für die Menschen und diese Situation. So stimmte sie noch einmal das Lied der Heimat an und sang.

Was sie tat, was richtig, denn es löste die Blockaden in den Menschen und sie begannen zu singen.

Niemand, der es nicht erlebt hat, wird jemals verstehen können, welche Emotionen in der Luft lagen; die Luft war erfüllt mit ihrem Lied, der Liebe zur Heimat, die für immer in ihren Herzen war.

Als der Gesang verstummte, war der

Knoten gelöst und sie verabschiedeten sich von dem Busfahrer. Sie bedankten sich noch einmal bei ihm und dann machte sich jeder auf den Weg zu seinem Haus.

Wenn Nicos hier wäre, hätte er den Bus kommen gesehen oder zumindest ihren Gesang gehört, dachte Nefeli, er wird nicht hier sein und über ihre Freude legte sich eine tiefe Traurigkeit. Mit schweren Schritten ging sie den Weg zu ihrem Haus entlang.

Rosa hatte Adalina an der Hand und folgte ihr.

Das Haus sah so aus, wie sie es verlassen hatte, doch die Tür klemmte als Nefeli sie öffnen wollte und sie musste ihre ganze Kraft aufwenden damit es ihr gelang. Abgestandener Geruch kam ihr entgegen und sie ging schnell hinein um die Fenster zu öffnen. Adalina blieb draußen, ihr stank es zu sehr, wie sie sagte. Rosa war Nefeli gefolgt und beide Frauen sahen sich im Haus um.

„Gut, es ist alles noch vorhanden, nur durch die Jahre eingestaubt und nicht sehr schön anzuschauen, aber das kriegen wir schon wieder hin", sagte Nefeli zu Rosa.

Rosa nickte und fing an, die Stühle aus dem Haus zu bringen. Sie gab Adalina eine Bürste und sagte ihr, dass sie helfen soll, die Stühle zu reinigen. Erst sollte Adalina den Staub abbürsten und dann würde sie ihr Wasser aus dem Brunnen holen, damit sie die Stühle fein säuberlich abwaschen konnte. Sie ignorierte den Blick von Adalina. Hier halfen die Kinder und nicht so, wie in der Fremde, dass die Kinder ihre Zeit nach der Schule mit spielen verbringen.

Das sollte Adalina gleich von Anfang an begreifen. Rosa liebte Adalina als wäre sie ihr eigenes Enkelkind und was sie verlangte, war nicht viel, im Gegensatz zu dem, was sie als Kind arbeiten musste. Sie hatte nicht einmal die Zeit gehabt in die Schule zu gehen und nie lesen und schreiben gelernt.

Sie strich Adalina liebevoll über den Kopf und lächelte. Dann ging sie wieder zurück ins Haus um Nefeli helfen.

Auf allem lag eine dicke Staubschicht und Spinnen hatten ihre filigranen Netze gesponnen.

Rosa nahm den kleinen Besen und wollte gerade damit den Tisch vom Staub befreien, als sie sah, dass unter der Tasse mit dem dicken Schimmel, etwas lag. Sie fegte den Staub vorsichtig beiseite, nahm die Tasse hoch und erblickte ein Stück Papier, auf dem etwas geschrieben stand. Rosa nahm den Zettel und gab ihn Nefeli.

Nefeli erkannte sofort, dass es sich um Nicos Schrift handelte. war. Er war also gekommen und hatte ihr eine Nachricht hinterlassen.

Ihre Hand zitterte, als sie seine Nachricht las und Tränen schossen ihr in die Augen.

,,Rosa, Nicos war hier; kurz darauf, als wir flüchten mussten. Er weiß also, dass ich unser Kind unter meinem Herzen trug".

Ihre Aufregung übertrug sich auf Rosa und sie begann ebenfalls zu weinen.

In diesem Moment kam Adalina zur Tür herein und sah, dass ihre Mutter und Rosa weinten.

,,Warum weint ihr", fragte sie.

Nefeli reichte ihr den Zettel, aber sie

dachte nicht daran, dass Adalina kein italienisch lesen kann. Die Sprache beherrschte sie wohl, aber in der Fremde hatte sie nur die andere Sprache lesen und schreiben gelernt.

Verständnislos hielt Adalina den Zettel in der Hand.

Rosa fasste sich als erste wieder und sagte zu ihr, dass es eine Nachricht von ihrem Vater ist und sie schon einige Jahre hier lag.

Auch Nefeli beruhigte sich wieder. Wenigstens wusste sie jetzt, dass Nicos damals wieder zurück in den Norden gegangen war. Seine dortige Adresse, die wusste sie und sobald sie hier alles in Ordnung gebracht hatten, wollte Nefeli ihm schreiben.

,,Lasst uns weiter machen, damit wir heute wenigstens das Notwendigste schaffen, den Rest können wir morgen dann morgen erledigen", sagte Rosa. Sie nahm eine der Decken von den Betten und hängte sie draußen über einen Ast um sie auszuklopfen. Mit den anderen Decken wollte sie es auch so machen; waschen müssten sie die Decken in den nächsten Tagen. Heute Nacht brauchten sie die Decken zum zudecken. Jeder machte seine Arbeit und es dauerte nicht allzu lange, da war schon wieder Grund zu erkennen. Langsam kam die Dämmerung und sie beschlossen, es für Heute gut sein zu lassen und jetzt zu essen. Verpflegung für alle war vorhanden und sie gingen gemeinsam zu der Hütte in der alles stand und holten sich, was sie für heute noch benötigten. Frisches Wasser war reichlich vorhanden und auch Kaffee und Früchte gab es. Nefeli hatte, bevor sie gingen, schon ein Feuer in der

Feuerstelle angemacht und so konnten sie gleich, als sie zurück waren, die Spaghetti mit der Soße kochen und nebenbei noch die Espressokanne auf den Rost stellen.

Es war ein schöner Sonnenuntergang. Im Dorf war es ruhig und in diesem Moment erinnerte nichts daran, dass bis vor kurzem ein mörderischer Krieg tobte und sie Jahre in der Fremde verbringen mussten.

Sie aßen und waren zufrieden; auch Nefeli, die Hoffnung auf ein baldiges wiedersehen mit Nicos im Herzen trug. Alles würde gut werden; glaubte sie....

Nach dem Essen legten sie sich gleich schlafen. Sie waren erschöpft von der Arbeit und die andere Luft tat ihr übriges dazu. Es wehte ein lauer Wind vom Meer herüber.

Die Tage vergingen und so langsam normalisierte sich alles hier im Dorf.

Der kleine Laden, der alle mit allem vor dem Krieg versorgt hatte, war wieder geöffnet und wurde täglich beliefert. Es fehlte ihnen an nichts. Nefeli hatte Nicos geschrieben und sie wartete sehnsüchtig auf eine Antwort.

Adalina traf sich mit den anderen Kindern und sie liefen zum spielen hinunter zum Strand.

Rosa gefiel es hier und hatte Nefeli gebeten, einen Brief an ihre Kinder zu schreiben, damit diese wussten, wo sie zu finden ist. In ihr Dorf wollte sie nicht zurück; sie war dort ganz allein und Nefeli und Adalina waren für sie zur Familie geworden. Um ihr kleines Häuschen würden sich die Nachbarn kümmern; falls sie noch leben sollten, darum machte sie sich keine Sorgen.

Wenn nicht, dann war es nicht zu ändern. Ihre Kinder waren schon lange von Zuhause fort und hatten nie die Absicht geäußert, dass sie eines Tages zurückkehren wollten.

Beide warteten sie nun schon seit drei Wochen auf eine Antwort; doch es kam keine.

Geduld, sagten sie sich immer wieder, vielleicht klappt es mit der Post noch immer nicht so richtig. Sie sprachen sich immer wieder gegenseitig Mut zu, aber ihre Ängste und Sorgen, wegen der Ungewissheit, nagten an ihnen.

Sechs Monate waren vergangen, da erhielt Rosa einen Brief von ihrem Sohn. Er schrieb, dass er und seine Schwester, unsagbar froh sind, dass sie lebt und es ihr gut geht. Auch ihnen geht es gut und sie denken daran, sobald wie möglich, zu ihr zu kommen. Noch sind nicht alle Bahnen in Betrieb und sie müssten sich gedulden. Aber sie würden ihr jetzt regelmäßig schreiben, damit sie weiß, dass es ihnen gut geht. Und sie baten darum, dass Nefeli die Antworten für Rosa schreibt, damit auch sie wissen, dass es der Mutter gut geht.

Natürlich kam Nefeli der Bitte nach und schrieb alles, was Rosa ihr sagte, auf.

Es klappte bereits besser mit der Post und so gingen einige Briefe hin und her.

Doch für sie selber kam kein Brief.

Ihr Herz wurde immer schwerer und sie grübelte viel. Hatte Nicos ihren Brief nicht erhalten oder warum bekam sie keine Antwort?

Was hatte das zu bedeuten?

Über in halbes Jahr war vergangen, als Nefeli von ihrem Fenster einen Mann die Straße entlang kommen sah. Sie konnte noch nicht erkennen wer es ist. Geradewegs ging er auf ihr Haus zu und nun erkannte sie ihn.

Es war Nicos......

Ein leiser Schrei entfuhr ihr und sie rannte aus dem Haus, ihm entgegen.

Sie fiel ihm um den Hals und bedeckte sein Gesicht mit küssen.

„Nicos, mein Nicos, endlich", Tränen liefen über ihr Gesicht und sie wollte ihn gar nicht wieder loslassen.

Nicos hatte noch kein Wort gesagt, als er sich sanft von ihr löste.

Mit tränenüberströmten Gesicht sah Nefeli ihn an. Doch in seinem Gesicht sah sie einen fremden Ausdruck. Kein Lächeln, keine Freude.

Ihr Herz klopfte zum zerspringen.

Schweigend gingen sie nebeneinander her zum Haus. Noch immer hatte Nicos nichts gesagt und als sie ihn fragte, ob er einen Espresso möchte, lehnte er ab.

Sie versuchte sich in seine Arme zu schmiegen, aber er entzog sich ihr.

Dunkle Gefühle stiegen in ihr hoch und sie vermochte kaum zu atmen.

Sie waren allein, denn Rosa war mit Adalina zum Markt gegangen.

Nicos sah Nefeli lange an, bevor er zu ihr sagte:

Nefeli, ich komme nicht mehr zu dir zurück. Wir sind zwar verheiratet, aber die Jahre der Trennung, als ich nicht wusste, ob du und unser Kind noch leben, waren zu viel für mich. Ich lebe jetzt im Norden mit einer anderen Frau zusammen und wir haben zwei Kinder. Bitte verzeih mir. Ich wollte es dir nicht in einem Brief schreiben, darum bin ich heute gekommen".

Nefeli wurde schwarz vor Augen und Nicos konnte sie gerade noch auffangen und auf das Bett legen. Er stellte ihr ein Glas Wasser neben das Bett und ging. Nichts berührte ihn hier mehr. Eiligen Schrittes ging er zu seinem Auto, das er oben am Dorfrand abgestellt hatte.

Nicht einmal seine Tochter wollte er sehen.....

Als Nefeli wieder zu sich kam, glaubte sie zuerst, dass alles nur ein böser Traum war. Doch, die Erinnerung kam schnell zurück und sie fing haltlos an zu weinen.

So fanden Rosa und Adalina sie vor, als sie vom Markt zurück kamen. Rosa ahnte sofort, dass etwas schreckliches passiert sein musste. Doch, sie sah keinen Brief irgendwo. Was war hier passiert? Warum war Nefeli so in Tränen aufgelöst und konnte sich gar nicht wieder beruhigen?

Sehr lange dauerte es, bis Nefeli sich einigermaßen wieder gefasst hatte. Unter einem Vorwand schickte sie Adalina zu Marianos Frau, die heute Kuchen backen wollte für ihre Enkelkinder und um Hilfe gebeten hatte.

Nachdem Adalin aus dem Haus war, erzählte Nefeli, was vorhin passiert war. Rosa glaubte ihren Ohren nicht zu trauen. So etwas hatte es noch nie gegeben. Ein Ehemann verlässt seine Frau nicht; jedenfalls dort nicht, wo sie herkam. Die Rache der Familie hätte er zu spüren bekommen und das wollte niemand erleben. Doch Nefeli hatte keine Angehörigen mehr; sie war ganz allein und jetzt hatte sie nur noch Adalina. Niemand war da, der ihr helfen konnte und sie selbst war viel zu alt um etwas zu unternehmen.

Der verdammte Krieg muss Nicos verrückt gemacht haben, dachte sie bei sich, als sie Nefeli in ihre Arme nahm um sie zu trösten.

Lange sprachen die beiden Frauen miteinander und sie konnten auch absolut nicht verstehen, warum er nicht einmal seine Tochter sehen wollte. Den Grund dafür würden sie wohl niemals erfahren. Die ganzen Jahre hatte Nefeli mit der Hoffnung gelebt, dass nach dem Krieg alles gut wird und sie zusammen ein glückliches Familienleben führen werden. Alle ihre Hoffnungen wurden in Sekunden durch Nicos Worte zerstört. Sie beschlossen, Adalina nichts, von dem, was sich heute zugetragen hatte, zu erzählen. Warum ihre kleine Seele mit dem grausamen Verhalten ihres Vaters noch zusätzlich belasten, denn für sie war es manchmal nicht einfach, wenn andere Kinder sie nach ihrem Vater fragten. Was sollte sie sagen? Sie hatte ihn ja bisher nicht kennengelernt und wusste nur, wie er aussieht, weil ihre Mutter ihr das Foto auf ihr Schränkchen gestellt hatte; das war in der Fremde.

Hier würde es nicht so einfach sein, wenn Fragen nach ihrem Vater auf sie zukämen. Noch war das nicht passiert, denn einige Männer aus dem Dorf waren bisher auch nicht heimgekehrt. Aber irgendwann....

Erst, als die Dämmerung hereinbrach, brachte Mariano Adalina nach Hause. Er wollte mit den Frauen noch ein

Schwätzchen halten bevor er wieder ging. Nefeli und Rosa fiel es sehr schwer, aber sie ließen sich nichts anmerken. Niemand sollte jemals von Nicos Besuch heute erfahren und so unterhielten sie sich eine Weile mit Mariano. Er war es, der damals an Nefelis Tür geklopft hatte als sie das Dorf verlassen mussten.

Ein Jahr war nun schon vergangen. Adalina besuchte die Schule und lernte schnell italienisch zu schreiben; sie kam gut mit und es gab keinerlei Probleme. Rosa setzte das Alter immer mehr zu und Nefeli hatte Angst um sie, aber der Doktor sagte, er könne nichts mehr machen, das ist eben so, wenn die Lebensuhr bald abgelaufen ist. Auch litt Rosa darunter, dass ihre Kinder, trotzt ihres Versprechen, immer noch nicht zu ihr gekommen waren.

Sie sprach zwar nie darüber, da Nefeli genug eigene Sorgen hatte, aber man merkte es ihr an. Nefeli hatte Rosas Kindern geschrieben, dass es um die Mutter nicht so gut steht, aber es hatte nichts bewirkt; sie kamen nicht.

Es war ein schöner, sonniger Tag als Rosa sich draußen unter einem Baum in den Schatten setzte. Sie schloss ihre Augen und genoss die wohlige Wärme der Sonne.

So sah Nefeli sie, bevor sie sich auf den Weg zum kleinen Laden machte. Im stillen dachte sie, es ist schön, dass Rosa sich mit ihr und Adalina hier so wohl fühlt. Sie war sehr dankbar, dass sie Rosa kennen-und lieben lernen durfte. Sie war für sie wie eine Mutter. Mit liebevollen Gedanken im Herzen ging sie weiter.

Der Weg zum kleinen Laden war nicht weit und so machte sich Nefeli bereits nach kurzer Zeit wieder auf den Heimweg. Als sie Zuhause ankam, sah sie, dass Rosa wohl eingeschlafen sein muss, denn sie saß mit geschlossenen Augen unter dem Baum. Sie musste innerlich lächeln; leise ging sie ins Haus um Rosa nicht zu wecken. Drinnen bereitete sie das Essen vor und trank nebenbei einen Espresso. Die Zeit verging schnell und als Nefeli auf die Uhr sah, stellte sie fest, dass bereits zwei Stunden vergangen waren. Jetzt wollte sie doch einmal nach Rosa schauen; so lange war sie noch nie dort sitzen geblieben; vielleicht kam sie nicht allein wieder hoch. Sie ging zu Rosa und rief ihren Namen. Keine Antwort kam. Als sie bei ihr war, berührte sie sanft ihren Arm, doch Rosa zeigte keinerlei Reaktion. Sollte Rosa so tief schlafen? Nefeli beugte sich zu ihr herunter und das war der Moment, in dem sie erkannte, dass Rosa nicht schlief, sondern für immer ihre Augen zugemacht hatte. Nefeli war dermaßen erschrocken, dass sie laut schrie. Das durfte nicht sein. Wie sollte es ohne Rosa weitergehen? Sie kauerte sich neben sie und nahm sie in ihre Arme.

„Rosa, du kannst mich doch nicht allein lassen", schrie sie und Tränen liefen ihr über das Gesicht.

Marianos Frau, die gerade in ihrem Garten gearbeitet hatte, hörte Nefeles Schrei und ließ sofort alles stehen und liegen und eilte zu ihr.

Als sie die beiden dort unter dem Baum sah, wusste sie sofort was passiert war. Sie eilte zu ihnen um Nefeli beizustehen. Gemeinsam trugen sie Rosa ins Haus und legten sie auf ihr Bett.

„Lauf zum Pfarrer, damit er kommt und Rosa segnet, ich bleibe hier bei ihr", sagte sie zu Nefeli.

Nefeli lief los und holte den Pfarrer.

Mittlerweile war auch Adalina aus der Schule gekommen und saß weinend bei Rosa und hielt ihre Hand. Sie liebte Rosa über alles und ihr kleines Herz war schmerzerfüllt.

Als Nefeli mit dem Pfarrer kam und sah, dass ihre Tochter so bitterlich weinte, ging sie sofort zu ihr und nahm sie in ihre Arme.

Der Pfarrer begann mit seiner Zeremonie und sprach abschließend noch ein Gebet.

„Ich schicke gleich jemanden, damit Rosa in der Kirche aufgebahrt werden kann bis zur Beerdigung", sagte er und ging zurück zur Kirche. Natürlich hatten einige es mitbekommen, dass Nefeli den Pfarrer geholt hat und sie machten sich ihre Gedanken und als der Pfarrer zurückkam, fragten sie ihn, was passiert ist. Er erzählte es ihnen und die Nachbarn beschlossen, zu Nefelis Haus zu gehen und Beistand zu leisten. Unterwegs sagten sie auch noch einigen anderen Bescheid, die sich ihnen sofort anschlossen. Es war hier so üblich, dass alle zusammenkommen; egal, ob aus Freude, Leid oder Trauer, sie teilten alles. In diesem kleinen Dorf kannte jeder, jeden; sie waren eine Familie. Jeder bedauerte Nefeli, zumal sie außer Rosa niemanden hatte und ihr Mann noch nicht aus dem Krieg zurück war. Eine so junge Frau und Mutter allein, das war nicht gut. Am Haus angelangt, ging einer nach dem anderen hinein um sich von Rosa zu verabschieden. Alle fanden sie liebevolle Worte für Nefeli und Adalina. Sie boten den Beiden ihre Hilfe an und sagten, dass sie auch gerne so lange bei ihnen wohnen konnten, bis sich der Schmerz über den traurigen Verlust gelegt hat. Nefeli bedankte sich, sie wusste, alles kam von Herzen, doch sie lehnte ab. Sie wollte mit Adalina in ihrem Haus bleiben.

Es kamen immer mehr Dorfbewohner um von Rosa Abschied zu nehmen.

Sie kam als Fremde, aber sie ging, als eine von ihnen; eine, die von allen geliebt und geachtet wurde.

Nur ihre Kinder, die kamen nicht; noch nicht einmal zur Beerdigung.

Alle kamen zu ihrer Beerdigung und legten Blumen auf ihr Grab. Rosa hatte für immer einen Platz in ihren Herzen.

Es war ungefähr zwei Monate nach Rosas Tod, als es Nefeli auffiel, dass Adalina immer stiller wurde, aber auf ihre Fragen nach dem warum, bekam sie keine Antwort. Sie wurde schlechter in der Schule und spielte auch nicht mehr mit den anderen Kindern. Sie machte sich große Sorgen um ihre Tochter und als diese eines Morgens mit Fieber im Bett lag, holte sie den Arzt. Der konnte nichts festellen und sagte nur, dass Adalina im Bett bleiben soll. Doch ihr Zustand verschlechterte sich von Tag zu Tag mehr. Nur mit Mühe konnte Nefeli sie dazu bewegen etwas zu essen und zu trinken. Sie war völlig ratlos, bis zu jenem Nachmittag, als Adalina plötzlich sagte:

„Ich will nach Hause".

Nefeli erschrak und erwiderte, dass sie doch hier Zuhause ist. Heftig schüttelte

Adalina ihren Kopf und sagte:

„Hier ist nicht mein Zuhause, ich will dahin, wo ich mit Rosa gelebt habe, bevor wir hierher kamen".

Nefeli war geschockt. Der Tod von Rosa hatte in ihrer Tochter Heimweh nach ihrer Heimat in der Fremde ausgelöst. Sie wollte dorthin zurück, wo sie mit Rosa glücklich war und nicht in einem Haus leben, in dem der Tod ihr Rosa genommen hatte. Das war also der Grund, warum Adalina so krank geworden ist.

„Alles wird wieder gut", sagte Nefeli zu ihrer Tochter.

In der Nacht, als Adalina schon schlief, dachte sie über die Worte ihres Kindes nach. Zurück in die Fremde? Was hielt sie hier noch? Irgendwann würde jeder es mitbekommen, dass Nicos nicht mehr kommt. Alleine, auf

Dauer hier zu leben, war unmöglich; sie war zu jung dafür und es würde die Dorfgemeinschaft stören. Alle Frauen würden sie beäugen, ob sie es nicht auf einen ihrer Männer abgesehen hat. Das wäre auch kein Leben und in jedem anderen Dorf wäre es dasselbe. Sie hatte etwas Geld gespart und konnte sich die Überfahrt in die Fremde leisten. Aber was dann? Wenn es Paulo dort noch gab, er würde ihr helfen Fuß zu fassen. Sollte sie es einfach wagen?

In der Fremde würde es Adalina wieder besser gehen, aber was wird aus mir, dachte Nefeli. Zum zweiten Mal die Heimat verlassen?

Sie schlief ein und als sie am Morgen erwachte, stand ihr Plan fest. Sie würde mit Adalina zurück in die Fremde gehen. Von dem Moment an, als sie es ihrer Tochter sagte, ging es

Adalina täglich besser. Sie begann wieder zu essen und nach drei Wochen war sie fast schon wieder ganz gesund.

Nach weiteren zwei Wochen, als Adalina völlig genesen war, beschloß Nefeli mit ihr zusammen zum Pfarrer zu gehen und ihn um Rat zu fragen, was ihren Plan, wieder in die Fremde zu gehen, anging. Sie wollte seine Meinung hören und außerdem, wenn sie fort gingen, dann müsste er sich um ihr kleines Haus kümmern; für den Fall, dass es dort nicht klappt und sie erneut zurückkehren.

Der Pfarrer, ein älterer Mann, der aus einer anderen Gemeinde hierher versetzt wurde, hörte sich alles genau an. Allerdings verschwieg sie ihm, dass Nicos bei ihr war und was er zu ihr gesagt hatte. Er überlegte lange, aber dann sagte er:

„Versuche es und wenn dein Mann noch kommen sollte, werde ich ihm sagen, wo er dich finden kann. Den Dorfbewohnern werde ich sagen, dass du mit deiner Tochter in den Norden gefahren bist um deinen Mann zu suchen".

Erleichtert bedankte sich Nefeli bei ihm und ging.

„Du darfst niemandem etwas sagen", sagte sie zu Adalina.

Adalina nickte nur, aber ihre Augen strahlten. Sie freute sich auf ihre Heimat.

Nefeli hatte sich schon vor Tagen erkundigt, wann der Bus in Richtung Norden hier bei ihnen hält. Sie mussten also ganz früh aufstehen, damit sie pünktlich an der Haltestelle sind. Das war gut so, denn um die Zeit schliefen noch alle im Dorf. Sie packte eine

Tasche mit dem Notwendigsten und dann legte sie sich auch schlafen.

Der Wecker rasselte und Nefeli sprang aus dem Bett. Sie weckte Adalina und bereite schnell noch einige Brote für die Fahrt zu. Adalina bekam eine warme Schokolade und sie selber trank einen Espresso.

Geld und Ausweis trug sie in einem kleinen Beutel am Körper und das Fahrgeld für die Busfahrkarte hatte sie in ihre Jackentasche gesteckt. Schnell spülte sie noch die Tassen ab und dann konnte es losgehen. Nefeli nahm die Reisetasche und gebot Adalina ganz leise zu sein, damit sie niemand bemerkte. Schweigend und auf leisen Sohlen schlichen sie zur Bushaltestelle. Noch war kein Bus da und sie setzten sich an den Straßenrand. Es dauerte keine fünf Minuten und sie sahen die

Lichter des Busses auftauchen. Schnell standen sie auf und winkten, dass der Bus anhalten sollte. Der Fahrer hatte sie gesehen und hielt genau vor ihnen. Sie stiegen ein, Nefeli kaufte noch die Fahrkarte, während Adalina sich schon einen Platz am Fenster aussuchte.

Los ging die Fahrt, immer Richtung Norden!

Nefeli und Adalina hatten sich dicht aneinander gekuschelt und versuchten noch zu schlafen. Es waren nur wenige Reisende im Bus und sie hatten den Doppelsitz heruntergeklappt, damit sie sich hinlegen konnten. Sie schliefen auch schnell ein und erst, als der Bus stoppte und der Fahrer die Fahrgäste bat, auszusteigen, wurden sie wieder wach. Die halbe Strecke lag bereits hinter ihnen und hier war ein Zwischenstopp eingeplant, damit sie sich ein wenig die Beine vertreten konnten oder um in der Taverne etwas zu essen. Nefeli und Adalina gingen in die Taverne und bestellten sich Pasta und jeweils ein Getränk. Danach gin es aber auch gleich weiter, denn der Fahrer musste pünktlich am Hafen ankommen, da alle Reisenden mit dem dem Schiff noch weiter wollten und die Schiffe legten pünktlich ab. Die restliche Fahrt verging schnell und ehe sie sich versahen, hielt der Bus am Hafen. Schnell stiegen Nefeli und Adalina aus und fragten sich zu ihrem Schiff durch.

Da lag es vor ihnen. Es war das Schiff, mit dem sie vor vielen Jahren in die Fremde gefahren war, als sie noch schwanger mit Adalina war. Heute hielt sie ihre kleine Tochter an der Hand und bestieg nochmals das Schiff.

Adalina war sehr aufgeregt und ihre Wangen glühten. Sie wollte an Deck bleiben und alles sehen. In Nefeli stiegen dunkle Erinnerungen hoch und am liebsten hätte sie sich unter Deck verkrochen, aber sie ließ sich nichts anmerken. Sie wollte ihre Tochter nicht beunruhigen und schließlich war das dunkle Kapitel ja Vergangenheit. Eine Vergangenheit, die aber noch nicht sehr lange zurücklag.

Kurz vor Sonnenuntergang fuhr das Schiff an Molena vorbei; der Insel, auf der sie eigentlich den Krieg abwarten wollten, weil sie dachten, es ist sicher dort.

Nefeli musste an Enzo denken. Wie geht es ihm wohl jetzt? Sie hatte nichts mehr von ihm gehört; ihr Brief blieb unbeantwortet.

Vorbei, jetzt fing für sie und Adalina

ein neues Leben an. Als die Sonne ganz untergegangen war, gingen Mutter und Tochter unter Deck in ihre kleine Kabine. Alles war so sauber und ordentlich und sogar ein kleines Bad war dabei. Adalina staunte, aber das hatte auch Nefeli noch nie zuvor gesehen. Sie setzten sich an den winzigen Tisch um ihre mitgebrachten Brote zu essen. Alles war gut und sie legten sich kurz darauf schlafen.

Die Schiffssirene schreckte sie aus dem Schlaf. Sie schaute durch das winzige Fenster und sah Lichter. Sollten sie schon angekommen sein?

Rasch weckte sie Adalina, damit sie zusammen an Deck gehen konnten.

Tatsächlich, das Schiff war bereit zum anlegen und auch schon andere Passagiere hatten sich auf dem Deck eingefunden. Alles sah noch so aus wie vor gut zwei Jahren, als sie von hier in die Heimat zurück fuhren. Sogar Adalina erinnerte sich noch an alles.

„Mama, gehen wir wieder in unser Gebäude", fragte sie aufgeregt.

Nefeli erklärte ihr, dass sie erst einmal Paulo suchen wollte.

Das Schiff war fest vertäut und sie konnten von Bord gehen. Niemand war da, der sie kontrollierte und so ging Nefeli mit Adalina in das Gebäude, in dem sie damals, nach ihrer Ankunft, registriert wurden. Sie klopfte an die Tür und öffnete sie vorsichtig.

„Kommen Sie nur herein", rief eine fröhliche Stimme.

Mutter und Tochter gingen hinein und eine Dame kam freundlich auf sie zu. Sie fragte nach ihren Wünschen und Nefeli sagte ihr, dass sie Paulo sucht, der hier vor gut zwei Jahren gearbeitet hat und die Flüchtlinge betreute. Die Frau schaute Nefeli an und sagte:

„Bitte setzen Sie sich, ich komme gleich wieder".

Nefeli und Adalina setzten sich und schaute sich vorsichtig um. Alles sieht noch so aus wie früher, dachte Nefeli, nur, dass jetzt keine Flüchtlinge hier sind.

Adalina sah ihn zuerst und rannte auf ihn zu. Paulo schnappte sie und wirbelte sie durch die Luft. Er freute sich, die Beiden zu sehen und begrüßte Nefeli herzlich.

Dann fragte er, warum sie hier sind und ob er ihnen helfen kann. Er bat die Dame, die ihm Bescheid gesagt hatte, sich um Adalina zu kümmern und ihr Kekse und etwas zu trinken zu geben. Die Dame nahm Adalina an die Hand und ging mit ihr ins Zimmer nach nebenan. Nun konnte Nefeli ihm alles erzählen und sie erzählte ihm auch, dass Nicos bei ihr war und was er gesagt hatte. Sie verschwieg nichts und Paulo war sehr bestürzt über das, was er hörte.

„Natürlich helfe ich euch und du hast Glück; das Gebäude in dem ihr gewohnt habt, ist gerade wieder frei geworden, wir hatten es vermietet, da könnt ihr wohnen, wenn du es willst", sagte er.

Nefeli wäre ihm am liebsten um den Hals gefallen. So viel Glück hatte sie nicht erwartet und es kam noch besser. Paulo erzählte ihr, dass bei den Gebäuden eine Aufsicht gesucht wird, die sich um alles kümmern sollte. Die Arbeit könnte er ihr anbieten, denn er wusste, dass Nefeli eine ordentliche und zuverlässige Frau ist, der man vertrauen konnte.

„Du kannst mit Adalina kostenfrei in dem Gebäude wohnen und bekommst obendrein noch ein Gehalt gezahlt von dem du mit deiner Tochter ganz gut leben kannst. Adalina kann wieder in ihre Schule gehen und du wohnst gleich bei deiner Arbeit", endete er.

Nefeli war überglücklich und in diesem Moment kam auch schon die Dame mit Adalina zurück.

„Können wir wieder in unserem schönen Gebäude wohnen", fragte sie als erstes.

Paulo und Nefeli lachten.

„Ja, das könnt ihr", sagte Paulo.

Adalina umarmte ihn heftig und gab ihm ein Küsschen auf die Wange. Paulo wurde ganz rot vor Verlegenheit, aber er verstand die Freude des Kindes.

„Dann lasst uns gleich dort hin fahren,

mein Auto steht vor der Tür und ich hole nur noch die Schlüssel für das Gebäude und meine Jacke; wir treffen uns draußen", sagte er und ging.

Nefeli konnte es kaum glauben, so viel Glück an einem Tag.

Paulo kam und sie gingen zu seinem Auto. Es war ja nicht weit von hier und im Nu hielt das Auto vor ihrem Gebäude. Sie stiegen aus und Paulo gab Adalina die Schlüssel.

„Schließ auf, es war doch dein Wunsch wieder hierher zu kommen, hat deine Mama mir vorhin erzählt", sagte er zu Adalina.

Ihre Augen strahlten, als Paulo ihr den Schlüssel in die Hand drückte und sie ging ganz gerade und stolz auf die Tür zu und schloss sie auf. Sie gingen hinein und Nefeli stellte fest, dass sich nichts verändert hatte in der Zwischenzeit.

Adalina ging sofort in die Küche und stellte einen Stuhl an das Fenster.

„Hier sitzt Rosa", mehr sagte sie nicht.

Nefeli und Paulo waren sehr berührt. Tatsächlich hatte die alte Rosa dort immer am Fenster gesessen, wenn sie sich eine Pause gönnte.

„Geht doch noch schnell zum großen Gebäude damit ihr euch noch etwas zu Essen und zu Trinken holen könnt. Ihr werdet bestimmt nachher Hunger und Durst haben; ich muss jetzt leider zurück, aber morgen schaue ich nach euch und wir können alles weitere besprechen", sprach's und ging zu seinem Auto.

Mutter und Tochter gingen zu dem großen Gebäude, das sie gut kannten, und deckten sich mit Lebensmitteln und Getränken ein.

Einen schöneren Anfang hätten sie sich nicht wünschen können. Es war wie ein Traum und Adalina war so glücklich und sang vor lauter Freude.

Doch, welches Lied ihre Tochter sang, dass erstaunte Nefeli. Hatte Adalina in Italien immer die Lieder gesungen, die sie hier in der Fremde gelernt hatte, so sang jetzt hier in der Fremde ein Lied, das sie in Italien gelernt hat. Aber sie sagte nichts; sicherlich war es Adalina gar nicht bewusst. Sie ging in die Küche und fing an zu kochen. Setzte sich nebenbei noch eine Espresso auf und für Adalina machte sie ein warme Schokolade, die sie so gerne trinkt.

Im Moment war alles sehr gut und Nefeli glaube fest daran, dass es richtig war, wie sie gehandelt hat; vor allem für Adalina. Sie wollte, dass ihre Tochter glücklich ist.

Paulo kam wie versprochen am Morgen zu ihnen und erzählte Nefeli was es hier für sie zu tun gab. Dann fuhr er mit den Beiden zur Schule um Adalina dort wieder anzumelden. Ihre Lehrerin freute sich, dass sie wieder da war, war sie doch eine ihrer eifrigsten Schülerinnen und sie mochte sie gerne.

Auch bei Adalina war die Freude groß, als sie ihre ehemaligen Mitschüler auf dem Pausenhof entdeckte. Gleich morgen wollte sie wieder in die Schule gehen. Paulo fuhr sie wieder zurück zu ihrem Gebäude und dort füllten sie noch die Anmeldeformulare aus, die er mitgebracht hatte. Um alles weitere wollte er sich kümmern. Er trank seinen Kaffee aus und verabschiedete sich.

Heute hatten Mutter und Tochter noch den ganzen Tag Zeit für sich und sie beschlossen in den Ort zu gehen um ein wenig dort zu bummeln. Sie kauften sich ein Eis und ließen es sich gut gehen. Gegen Abend gingen sie wieder nach Hause und Nefeli begann gleich das Essen zu kochen, denn sie hatten beide Hunger.

Heute fing für Nefeli die Arbeit an und Adalina hatte ihren ersten Schultag. Sie brachte ihre Tochter heute in die Schule; es war Adalinas erster Tag und sie wollte gerne dabei sein. Sofort stürmten die Kinder aus ihrer alten Klasse auf sie zu und zogen sie mit sich. Nefeli musste lachen und ging.

Nefeli ging zurück und begann mit ihrer Arbeit. Alles war ihr vertraut, nur die Menschen, die jetzt hier in den Gebäuden lebten, kannte sie nicht.

So vergingen viele Jahre und Adalina hatte heute ihr Abschlusszeugnis vom Gymnasium erhalten. Sie hatte einen guten Abschluss gemacht und wollte danach studieren. Ihre Welt war in Ordnung und sie war glücklich.

Nefeli freute sich, dass ihre Tochter glücklich war, aber sie selber blieb irgendwie auf der Strecke. Einen Mann an ihrer Seite gab es nicht und ihr Heimweh wurde täglich größer. Oft weinte sie in der Nacht, aber vor ihrer Tochter verbarg sie ihre Gefühle. Sie hatten hier ein wunderbares Leben; es fehlte ihnen an nichts und Freunde hatten sie auch, aber die Sehnsucht nach der fernen Heimat blieb. Auch schmerzte sie die bittere Entscheidung von Nicos noch immer; sie konnte seine Worte nicht vergessen. Wieder stiegen Tränen in ihr auf.

Am Abend, als sie mit Adalina beim Essen saß, sagte diese plötzlich zu ihr, dass sie gerne nach Italien reisen würde um das Dorf kennenzulernen, in dem ich geboren und aufgewachsen bin. Ihre Erinnerungen an die Zeit dort waren verblasst, aber sie hatte sich schon seit längerer Zeit damit befasst und nun wäre eine gute Gelegenheit dort hin zu reisen. Die Schulzeit war beendet und bis zum Studium waren es noch ein paar Monate. Nefeli schaute ihre Tochter an und wusste nicht so recht, was sie sagen sollte.

„Komm doch mit, dann kannst du auch alles wiedersehen und die Leute treffen, die du kennst", sagte Adalina. Im Nu stiegen alle Erinnerungen in ihr hoch; ihre Kindheit, die Hochzeit mit Nicos, ihre Flucht, der Tod von Rosa usw...; nein, sie wollte nicht mehr zurück auch wenn das Heimweh sie auch noch so plagte. Sie wäre auch in ihrem Dorf nicht glücklich geworden.

„Adalina, fahre du in unsere Heimat und sieh dir alles genau an. Ich werde dem Pfarrer schreiben wann du kommst, damit er unser Haus herrichten lässt und du dort wohnen kannst. Es ist mein Elternhaus und noch immer mein Eigentum. Also ist es auch dein Haus und du brauchst nicht in einer Pension wohnen. Vielleicht verstehst du heute besser, wenn du alles noch einmal Vorort siehst; du bist jetzt Erwachsen und hast ein anderes Verständnis als damals, als du ein kleines Kind warst", sagte Nefeli.

„Gut, dann werde ich mich um alles weitere kümmern und mir in den nächsten Tagen eine Fahrkarte für das Schiff besorgen. Wie ich dann weiter komme, kannst du mir ja noch einmal aufschreiben", sagte Adalina zu ihrer Mutter.

Nefeli nickte und aß weiter. Es war jetzt alles gesagt und sie wollte Adalina nicht von ihrem Plan abbringen.

Vielleicht entdeckte ihre Tochter, wenn sie Vorort ist, ja die Liebe zu ihrer Heimat.

Nach dem Essen machte Nefeli den Abwasch und räumte die Küche auf, während Adalina sich in ihr Zimmer verzog und alles aufschrieb, was sie für ihre Reise benötigte.

Nefeli kochte sich noch einen Espresso und setzte sich an den Küchentisch. Ihr Blick fiel auf den leeren Stuhl am Fenster und sie dachte daran, als ihre kleine Tochter damals den Stuhl dort hingestellt hat und sagte -das ist Rosas Stuhl-; seitdem steht der Stuhl dort und keiner setzte sich darauf. Rosa fehlte ihr sehr und gerade in diesem Augenblick. Sie trank ihren Espresso und legte sich schlafen.

Nun war Adalina schon seit zwei Wochen in der Heimat und was sie ihr geschrieben hatte, las sich sehr positiv. Sie fand das kleine Haus toll, die Menschen waren alle sehr nett zu ihr und die Umgebung, das Meer , einfach alles begeisterte sie; so hatte ihre Tochter geschrieben.
Wann Adalina zurückkommt, das wusste sie nicht.
Ihre Tage waren ausgefüllt und ab und an hütete sie die beiden Söhne von Paulo. Zwei quicklebendige Jungs, die sie unentwegt auf Trab hielten. Sie möchte die Beiden sehr und freute sich immer, wenn sie kommen. Heute

wollte Paulo sie bringen und Nefeli beschloss, mit ihnen in den Zoo zu gehen. Das Wetter war gerade richtig, nicht zu warm und sie konnten dort ein paar schöne Stunden verbringen.

Gerade, als sie das dachte, klopfte es auch schon und Paulo stand mit seinen Jungs vor der Tür.

„Schönen Tag für euch und seid brav", sagte er noch und ging zu seinem Auto. Am Abend würde er sie, wie immer, wieder abholen. Er wusste, dass sie bei Nefeli in guten Händen waren und konnte völlig unbesorgt seiner Arbeit nachgehen.

Sie hatten alle Drei einen tollen Tag, aber am Abend, nachdem die Jungs wieder weg waren, merkte sie, dass sie doch völlig kaputt war und ging früh schlafen.

Adalina hatte geschrieben, dass sie

nächste Woche zurückkommt und sie gebeten, sie vom Schiff abzuholen.

Nefeli freute sich, denn sie hatte ihre Tochter sehr vermisst.

Die Woche verging schnell.

Nefeli stand am Hafen und wartete auf das Schiff. Als sie es kommen sah, klopfte ihr Herz ganz doll, so sehr freute sie sich. Adalina hatte ihre Mutter schon entdeckt und winkte mit einem weißen Tuch. Sie war die Erste, die das Schiff verließ und sie stürmte direkt auf ihre Mutter zu. Beide umarmten und küssten sich; in ihren Gesichtern konnte man die Freude über das Wiedersehen, sehen. Nefeli nahm Adalina ein Gepäckstück ab und sie gingen zum Bus, der sie nach Hause brachte.

,,Mama, es war wie ein Traum. Ich hätte das niemals gedacht, aber ich habe mich in dein Dorf verliebt. Alles war so schön und die Menschen waren so gut zu mir. Wir sollten dorthin zurückkehren, wenn ich hier mit dem Studium fertig bin", sagte Adalina zu ihrer Mutter.

Nefeli sagte nichts, aber sie verstand; ihre Tochter hatte die

-Heimat im Herzen-

Doch, es wurde nichts daraus.

Nefeli verstarb ganz plötzlich und vollkommen unerwartet. Sie wurde in fremder Erde beerdigt.

Auch Adalina ging nie zurück.

Hatte ihre Mutter doch die geliebte Heimat verlassen, damit sie glücklich ist.

Zu spät hatte Adalina gefühlt, wo ihr Herz Zuhause ist.